Jean-Michel Thibaux

# LA GASPARINE

*Roman*

*Production Jeannine Balland*
Romans Terres de France

PRESSES DE LA CITÉ

ISBN 2-258-05255-6

# 1

Marie ferma les yeux. Elle écouta battre le cœur de la montagne. La Sainte-Baume dormait. On pouvait faire des vœux pour qu'elle ne s'éveille jamais. Mais que pesaient les vœux face à cette immensité ? La montagne était une bête caparaçonnée de rocs. Des ravins formaient les plis de sa peau. Son épine dorsale coupait le ciel d'une constellation à l'autre et elle avait sa tête enfouie quelque part à six ou sept mille pas de Riboux, sûrement vers le Claou de la Chevalière, là où la terre avait la couleur du sang.

Marie se rendait parfois sur le Claou pour cueillir certaines variétés de plantes et des mûres dans les nombreuses ruines qui parsemaient le nord de la commune de Mazaugues. Elle ne s'y sentait pas bien. La terre y était trop rouge, chaque orage provoquait de nouvelles saignées qui précipitaient arbres et buissons du haut des baous vers les vallons ; on mesurait alors la puissance de la nature.

— Dors encore mille ans ! dit Marie en s'adressant à la montagne.

Elle cessa de la contempler. Elle avait tant de tâches à accomplir qu'elle désespéra de voir grandir l'aube et disparaître les étoiles. Elle s'éloigna de la Sauvagère, où elle vivait avec sa mère. La maison avait été bâtie cent ans plus tôt au pied de l'ubac de Maune, le long du chemin qui desservait les fermes de Crispin, du Roman, du Clos des Bécasses, de la Lauzière et de la Bastide Basse et descendait jusqu'au village de Signes.

Son sac à dos était bien rempli. Les sangles tiraient sur ses épaules. Elle l'avait échangé contre de l'extrait d'aurone des jardins à un poilu qui était régulièrement pris de diarrhée depuis son retour de la Grande Guerre. Presque deux ans s'étaient écoulés depuis la fin des massacres dans les tranchées et les soldats qui souffraient dans leur chair et dans leur tête étaient nombreux à faire appel à elle. Elle avait des recettes pour chacun d'entre eux. Sa connaissance des plantes dépassait de très loin celle de sa mère et de Mémé, qui lui avaient tout appris. A vingt et un ans, elle pouvait se targuer de connaître les propriétés de plus de trois mille variétés de fleurs, de feuilles et de racines. Elle entretenait son savoir avec les colporteurs italiens qui sillonnaient le Grand Sud sur leurs carrioles et ne manquait jamais de comparer ses recettes médicinales avec celles de Magali Giraud. Magali vivait à la Bastide Blanche [1]. Mariée à Justin, un ancien conducteur de glace qui s'était reconverti dans la culture de

---

1. Voir *La Bastide Blanche*, du même auteur, paru aux Presses de la Cité.

l'amandier et de la vigne, mère de deux enfants, on lui prêtait un passé de sorcière.

Marie s'en moquait. Sorcière ou pas, la belle Magali avait sauvé plusieurs vies et elle n'était pas avare de ses secrets.

— Que les mauvaises langues se dessèchent ! dit-elle en passant mentalement en revue les brochettes de pipelettes qui distillaient leur poison les jours de grande lessive.

Elle n'eut pas un regard pour le pauvre hameau de Riboux flanqué de sa minuscule chapelle. Les habitants du coin ne l'aimaient pas. Ils avaient vu d'un mauvais œil l'installation de ses parents, trente années plus tôt. Des *estrangers*, disaient-ils tout bas en les croisant au marché de Cuges. Des étrangers qui venaient de Calabre et portaient le nom de Gaspari. Julia Gaspari élevait des chèvres ; Marco Gaspari avait travaillé aux mines de Saint-Zacharie avant d'être engagé comme maçon par un artisan de Cuges. Un jour de décembre 14, on l'avait retrouvé mort des suites de deux coups de couteau dans le vallon de la Serre, où il taillait des pierres.

Marie se souvenait du déchirement de sa mère, de sa propre haine et du défi qu'elle avait lancé aux cieux, jurant qu'elle retrouverait l'assassin. Six ans s'étaient bientôt écoulés et le meurtrier courait toujours. L'affaire avait été rapidement classée ; on se souciait peu d'une victime appelée Gaspari.

La bile monta à la gorge de la jeune fille. Elle serra les poings et accéléra le pas. Si au moins il y avait eu un mobile ! Son père ne buvait pas, ne jouait pas, se montrait serviable envers tous. On ne lui connaissait pas d'ennemi. Marie chassa d'un coup ses idées noires. Elle était parvenue au passage difficile. Dans un éboulement monstrueux situé à l'extrémité nord-ouest de la plaine des Espèces, rocaille et troncs d'arbres enchevêtrés formaient une barrière infranchissable. Pas pour elle. Elle plissa les yeux et repéra son chemin sur la pente déchiquetée, hérissée de bois mort et de blocs aux arêtes aiguës. Cent cinquante mètres plus bas, il y avait la tache sombre et humide de l'un de ses rodous, ces endroits secrets où elle savait trouver des champignons et des plantes rares. Retenant sa respiration, elle s'élança sur le premier rocher, bondit ensuite sur un tronc d'arbre couché puis sauta par-dessus une ronce. Elle retomba dans une coulée de caillasse, sur laquelle elle se laissa glisser. La poussière soulevée, le danger, l'envol d'un passereau, le bruit des pierres qui dévalaient dans son sillage lui arrachèrent un sourire. Elle aimait se mesurer à la nature, elle en tirait une force qui faisait l'admiration de tous. En une trentaine de secondes, elle se retrouva dans l'entaille obscure et sauvage où poussaient les meilleures alchémilles communes de la région. Appelée parfois pied-de-lion, porte rosée ou manteau de Notre-Dame, l'alchémille cicatrisait les plaies, soignait les conjonctivites, réparait les ventres des femmes après des accouchements difficiles.

Le docteur de Cuges, Alexandre Fabre, qui était devenu un ami pendant la guerre alors qu'elle s'était portée infirmière volontaire pour soulager les blessés rapatriés à Aubagne, lui avait appris que cette plante était astringente, tonique, stomachique, diurétique et hémostatique. Il la louait pour son efficacité contre la leucorrhée. Tous ces mots savants, Marie avait dû les assimiler. Chose difficile pour quelqu'un qui commençait à apprendre à lire et à écrire, mais passionnante quand le professeur s'appelait Fabre.

Le docteur, vieux célibataire endurci, la considérait comme sa fille spirituelle. Tous deux aimaient la terre à la folie, car ils étaient tous deux nés dans la garrigue sauvage de la Sainte-Baume. Alexandre était le fils aîné d'une récoltante d'huile de cade, Valentine Bonifay, et d'un éleveur de chevaux, Fabien Fabre, qui en 1880 avaient fait fortune en ouvrant une auberge à Gémenos. Cette appartenance au même territoire les avait rendus complices au point que les habitants de Cuges croyaient Marie et Alexandre amants.

Marie fit quelques pas et découvrit les vertes alchémilles aux minuscules fleurs blanches. Elles étaient des centaines à pousser dans ce lieu reculé. Choisissant les dix plus grandes, elle les arracha soigneusement du sol, les lia sur son sac à dos et reprit le chemin du village. Au débouché du vallon de la Serre, encore envahi par les eaux des terribles orages de juin, elle extirpa les racines de deux sortes d'aristoloche, espèces particulièrement dangereuses qu'elle réservait à des cas extrêmes. Elle eut un soupir de désespoir en les enveloppant dans un linge. Elle savait à qui elle allait les administrer. Elle avait dit oui après avoir pesé le pour et le contre, après un long recueillement dans la chapelle Sainte-Croix. A présent, il fallait qu'elle aille jusqu'au bout de son acte.

Cuges était cerné de toutes parts par les montagnes. Les hauteurs grises et bosselées de la Tête-Pointue, du Saint-Pilon, de Bœuf-Arnaud, de Bartagne et de la barre du Castelet mordaient le ciel bleu. Cette immense mâchoire protégeait la plaine. Un pur joyau. Surtout en ce début de juillet 1920. Marie s'en émerveilla une fois de plus. Chaque été, une fée passait le col de l'Ange et fleurissait cette terre riche d'un coup de baguette magique. Dès la fin mai, la mer de fleurs des câpriers battait les flancs des maisons. Les vagues d'un blanc rosé contrastaient avec le feuillage vert vif des vignes. Deux mondes semblaient s'affronter. Chacun avait ses règles et ses rites. La câpre appartenait aux femmes ; le vin était une affaire d'hommes.

Marie refusait de croire ce qui se disait au marché, que les câpriers seraient un jour tous arrachés et remplacés par de solides vignes. On parlait de coût de la main-d'œuvre, de rentabilité, de gains et, saison après saison, on voyait quelques ares d'arbrisseaux disparaître au profit des ceps alignés au cordeau. Au fond d'elle-même, elle ne se faisait pas d'illusions. Enfant, elle avait vu mourir l'industrie de la glace naturelle, la verrerie, l'industrie charbonnière. Depuis la nuit des temps, il en était ainsi. Le progrès et l'argent brisaient des vies et les rêves bucoliques des jeunes filles qui lui ressemblaient.

Marie parvint sur le chemin des oratoires. Les

cigales y chantaient par milliers. Elle s'arrêta successivement pour demander pardon à sainte Marie Madeleine et à la Vierge Marie, et elle se demanda même si elle ne devait pas aller s'agenouiller dans l'église Saint-Antoine tant son cœur était lourd. Mais, en passant devant l'édifice, elle vit l'abbé Robert Mouriez et renonça à sa pénitence. Le curé ne montrait pas le bon exemple. Il était en grande discussion avec une bourgeoise de Marseille et lorsqu'on connaissait sa réputation de coureur de jupons, on perdait un peu sa foi. Marie ne fut pas assez discrète. L'abbé avait senti peser son regard. Il l'interpella

— Hé ! Marie, il y a longtemps que je ne t'ai pas vue à la messe.

— C'est que je vais à Signes, répondit-elle.

— A Signes ?

— Le bon Dieu n'est-il pas partout ?

Mouriez en resta bouche bée. Cette fille avait de la repartie. Il aurait récité cinq cents Ave et fait le tour du village à genoux pour l'avoir en confession, mais elle n'était jamais venue raconter ses péchés. Seigneur ! comme elle était belle et désirable. Il caressa d'un regard contrit la taille élancée, la courbure des hanches, les jambes imaginées sous la large jupe de serge verte, puis il se perdit dans la masse brune des cheveux dénoués.

« *Courrès bèn* [1], pensa-t-il, il y a un rendez-vous galant au bout de cette hâte. »

1. Tu cours bien.

— Qui est cette fillasse ? demanda la bourgeoise, vexée de n'être plus le centre d'intérêt du prêtre.

— Une guérisseuse de Riboux ; la meilleure de Provence ! Même les médecins font appel à elle.

— Dieu me garde d'être un jour entre les mains de cette pouilleuse !

— Mais il vous garde, ma chère, il vous garde. Et je ne doute pas de la compétence de vos médecins à Marseille.

La bourgeoise était à nouveau sous le charme du regard de ce beau ténébreux aux tempes grisonnantes. Elle se sentit fondre. Elle était prête pour une confession complète et une pénitence appropriée, celle que voudrait bien lui faire subir cet irrésistible conquérant en soutane.

Marie avait oublié le prêtre. Elle répondait aux salutations des paysans aux bras et aux épaules chargés de sacs, aux sourires radieux des fillettes et aux bonjours des femmes venues des lointaines fermes de Pinval, du Camp, de Font Blanche, d'Escoussaous. Il y avait beaucoup de reconnaissance et de respect à son égard. La plupart avaient été soignés et guéris par elle.

Ils se rendaient tous au marché et embouteillaient Cuges. De la rue Victor-Hugo au boulevard Gambetta, on se serait cru dans une arène antique retentissant de cris, d'appels, de grognements et de bruits de ferraille. Marie suivit le train des charrettes à bras couvertes de cages à poules et des mules chargées de couffins débordant de carottes, de radis et de tomates. Elle arriva au centre de cette débandade de couleurs et d'odeurs en se cognant aux hanches larges des paysannes, qui brassaient des œillets, des pommes de terre ou des salades.

Elle n'était pas la seule à suivre ce mouvement séculaire. Tous se dirigeaient vers le carrefour de la Fontaine, où les places de choix étaient tenues depuis l'aube par les rétameurs, le rémouleur et les colporteurs. Il y régnait un tintamarre qui emplissait de gaieté le village et les cœurs.

Marie se laissa gagner par l'ambiance, répondant d'un ton enjoué à tous ceux qui lui demandaient des herbes et des recettes. Elle ne vendait jamais au marché ; elle préférait les longues tournées dans les collines ; un porte-à-porte qui la conduisait parfois jusqu'à Aubagne. Ici, il fallait gueuler et marchander dans la poussière étouffante. Elle n'aimait pas ça. Elle eut du mal à poursuivre son chemin, glissant parfois sur les trognons répandus sur la chaussée, coincée par des tribus de femmes portant jarres, douires et paniers, qui mêlaient leurs haleines et leurs sueurs en harcelant un grand chariot bâché.

— Marie ! Marie !

La jeune fille se retourna. Lucie Barthélémy se frayait un chemin à travers les groupes. C'était sa meilleure amie. Rousse, les yeux dorés, vive, de petite taille, on disait qu'elle était née dans les flammes de la forge de son père, le maréchal-ferrant. Il était vrai qu'elle avait l'air d'un joyeux farfadet, par l'effronterie qui transparaissait dans les traits aigus de son visage triangulaire.

— Ma Lucie !

Elles tombèrent dans les bras l'une de l'autre et s'embrassèrent. Elles s'adoraient, goûtaient des douceurs infinies à écouter ensemble les chouettes et les rossignols, à partager de romantiques secrets imaginés. Elles s'étaient connues huit ans plus tôt au pèlerinage de la Sainte-Baume. Marie avait aidé Lucie à grimper vers la grotte sacrée et elles avaient eu un fou rire en s'aspergeant les cheveux avec l'eau miraculeuse de sainte Marie Madeleine. Ce qui leur avait valu leur première pénitence commune : trois heures de prières à genoux sous l'œil vigilant de leurs mères respectives. Ce temps avait suffi à sceller une amitié indéfectible. Depuis, elles se voyaient trois ou quatre fois par semaine.

— Tu n'es pas à la cueillette des câpres ? demanda Marie.

— C'est que... répondit Lucie en désignant le grand chariot du menton.

— Encore ! s'exclama Marie en contemplant l'objet de tous les désirs de son amie.

— Toujours, souffla cette dernière.

— Il n'est pas pour toi.

Lucie fit la moue. Marie était lucide. L'homme convoité par toutes les célibataires et les veuves à dix lieues à la ronde ne semblait pas appartenir à leur monde. Malgré la douceur de sa figure, la profondeur de son regard, son sourire, il restait toujours en retrait de son père, distant et pensif.

Pour l'heure, les Roubaud, père et fils, couturiers itinérants de leur état, habitant le village d'Auriol, étaient assaillis par les admiratrices. Ils apportaient le rêve. Dans leurs cartons brillaient les boutons dorés et argentés, s'enroulaient les rubans de soie qui, dans un grouillement multicolore, étaient pareils à des serpents tentateurs. Elles y enfouissaient leurs doigts, s'ébahissaient devant les pongés et les chintz aux motifs fleuris que les deux hommes déroulaient en douces et riches cascades du haut de leur banc. Quand ils débâchèrent et que les regards avides purent plonger à l'intérieur du véhicule, il y eut des « oh ! » de ravissement. Damassés, mousselines, cachemires, serges, cotonnades et dentelles s'entassaient en colonnades couchées sur leurs supports de bois. Malgré l'envie, on commanda sagement. Les revenus agricoles étaient de quelques francs par jour et il était impossible de rogner sur la grosse part du budget réservée au vin des hommes. Seules les femmes de fonctionnaires se permettaient des écarts et suscitaient la jalousie en achetant des tissus à vingt-cinq francs le mètre.

Une poussée suivie d'un tourbillon projeta Marie et Lucie contre l'une des grandes roues du véhicule.

— Et pour ces demoiselles ? demanda le jeune Roubaud.

Lucie se sentit fondre. Elle leva les yeux en rougissant vers celui dont elle connaissait le prénom : Adrien. Il lui apparut comme un archange juché sur l'arc-en-ciel des tissus.

— Un ruban blanc de quarante centimètres pour les cheveux, s'entendit-elle dire tout en recevant un coup de coude de Marie.

Celle-ci s'impatientait. Elle trouvait son amie bêtasse. Près d'elle, une femme dit tout bas à une autre :

— *Leis chagrins de la guerre l'an amata, lou jhuino Adrien* [1].

Marie admettait depuis longtemps cette vérité. Il y avait chez cet homme quelque chose de brisé. Une partie de son cœur était morte au Chemin des Dames où il s'était distingué et il ne la retrouverait qu'en tombant amoureux. Ce n'était pas pour aujourd'hui. Surtout pas avec Lucie.

— Je m'en vais ! dit Marie.

— Je te rejoindrai au lavoir !

— Pas aujourd'hui, j'ai quelqu'un à soigner.

— Qui ?

— Quelqu'un… tu n'as pas à le savoir. Tu ferais mieux de retourner à la cueillette des câpres.

Lucie fit la moue et reporta toute son attention sur les boîtes à rubans. Les câpres attendraient. A aucun instant elle n'avait vu l'inquiétude qui s'était peinte sur le visage de Marie.

---

1. Les chagrins de la guerre l'ont bien abattu, le jeune Adrien.

# 2

Marie quitta le village par le sud, longea le cimetière et marcha en direction de La Roque. Une poignée de maisonnettes avait poussé dans cette partie de la plaine. Elles formaient des îlots aux crêtes ocre et orangées sur la mer des câpriers percée de chemins. Au loin, les impressionnantes barres rocheuses du Castellet et de Castillon soutenaient un ciel sans nuages. Trop pur. Marie eut l'impression d'être surveillée par les habitants des cieux. Un ange viendrait la punir si elle s'obstinait dans son action.

— Suis-je coupable parce que je veux aider à effacer une faute ? murmura-t-elle en jetant un regard vers les hauteurs que seul le soleil osait défier.

Rien ne descendit du ciel. Aucun oiseau ne fournit même le moindre signe. Personne ne se souciait d'elle. Il y avait trop à faire ailleurs. Depuis la fin de la guerre, le monde n'en finissait pas de se déchirer. Le docteur Fabre lui faisait souvent la lecture des journaux. Et de ce fatras de violence et de désespoir imprimé, elle retenait des leçons qui l'angoissaient. Il y avait eu la révolte des spartakistes à Berlin ; au Congo belge, la grippe espagnole avait tué cinq cent mille personnes ; la guerre civile faisait rage en Russie ; l'Irlande était au bord de la révolte ; chaque jour la terre avait son lot de misères.

Marie jetait tout le poids des fautes de l'humanité dans l'autre plateau de la balance, mais cela ne la soulageait pas. Elle avançait avec peine vers une petite maison flanquée d'un puits. Elle vit une tête derrière les carreaux. Sa gorge se serra. Elle n'eut pas à frapper, la porte s'ouvrit dès qu'elle fut sur le seuil.

— Nous t'attendions hier ! dit la femme qui venait d'ouvrir.

Elle s'appelait Gertrude Candelier. Son lourd chignon évasé à l'ancienne lui écrasait la tête et, sous ce poids de cheveux épais, le visage fatigué portait les marques du travail en plein air. Des rides coupaient profondément le front et les joues. Le soleil et les peines avaient fait leur travail en peu d'années. Elle n'avait pas encore trente ans.

— Je n'avais pas tout le nécessaire pour la chose.

La chose. Le mot les fit se tendre toutes les deux. Marie vit les yeux mouillés de Gertrude fixés sur elle et sentit revenir sa répugnance. Elle allait dire non et s'en retourner dans ses collines lorsque la femme la prit par le bras et la conduisit de force à travers la cuisine. La pièce donnait sur une minuscule chambre aux volets fermés. Une lampe à pétrole diffusait sa pauvre lumière et éclairait le visage d'ange d'une jeune fille assise sur un lit.

— Bonjour Charlotte, dit Marie en l'embrassant.

— Bonjour.

La voix juvénile contrastait avec l'apparence de la jeune fille, trop grande et trop formée pour son âge. Elle venait d'avoir quinze ans ; elle en paraissait vingt. Ses petites lèvres pleines et délicatement ourlées, son regard bleu de biche, son front bombé et lisse, sa chevelure claire répandue en boucles sur ses épaules, tout en elle aurait pu inspirer un peintre de la Renaissance italienne, mais n'avait fait qu'attirer le désir des brutes de la plaine.

Marie lui toucha les joues et le cou, puis la prit par les poignets. Elle avait le don de se fondre dans le corps des autres, de ne faire qu'un avec la personne qu'elle examinait. Elle faisait l'émerveillement du docteur Fabre, qui voyait en elle un prodige de la nature. Elle ressentait tous les symptômes de ses patients, se laissait gagner par leur fièvre et leurs souffrances.

Elle eut aussitôt la sensation d'être habitée. Il n'y avait aucun doute possible. Charlotte était enceinte.

— Cela fait combien de temps que tu n'as pas eu tes sangs ? demanda-t-elle.

— Sept semaines.

— Seigneur Jésus ! s'écria sa mère. Comment allons-nous faire avec une bouche de plus à nourrir ?

Gertrude était désespérée. Elle se revoyait au même âge avec son gros ventre ; elle entendait déjà les commérages. Telle mère, telle fille, allaient cracher les salopes au lavoir. Et le père, comment allait-il réagir ? Elle craignait son époux. Elle lui avait caché la chose et profité de son absence – il travaillait quatre jours par semaine à la carrière de Brignoles – pour faire venir Marie. Les autres filles ignoraient tout. Agées de douze et treize ans, elles travaillaient pour cent sous par jour dans les champs.

— Nous sommes perdues ! continua Gertrude.

— Marie va nous sauver, dit Charlotte. N'est-ce pas que tu vas nous sauver ?

Marie se sentit envahie par la détresse de Charlotte. Elle acquiesça puis se tourna vers Gertrude.

— Il me faut de l'eau chaude pour les infusions.

Quand la mère fut dans l'autre pièce, Marie parla à voix basse.

— Ce que je vais te donner à boire va te faire très mal au ventre. Es-tu sûre de vouloir le perdre ?

— Je ne garderai jamais le fruit de ce monstre !

— Quel monstre ? Qui t'a fait ça ?

Charlotte se mordit la langue. Elle était en train de revivre la dégoûtante étreinte sur le talus. Le grand salopard lui avait fait boire du vin avant de l'entraîner à l'écart du champ. Comme elle ne voulait pas le satisfaire, il l'avait menacée de la renvoyer. Alors elle avait pensé aux sous qu'elle économisait pour s'acheter une robe de bal, puis elle s'était allongée en fermant les yeux. Depuis, la sensation de brûlure entre ses cuisses ne la quittait plus. Malgré les lavages au savon. Malgré la pommade Parnel qui soignait les roséoles, les urticaires, les ulcères variqueux de sa grand-mère, l'impétigo de sa jeune sœur. Malgré les prières à la Vierge. A présent le mal était dans son ventre.

— Dis-moi son nom, insista Marie, qui sentait poindre sa haine.

— Vincent... Vincent Espinet, finit par dire la jeune fille en étouffant un sanglot.

Vincent Espinet ! L'horrible contremaître de la ferme des Hirondelles ! Marie le détestait. Il la lorgnait toujours en passant sa langue sur ses lèvres. En fait, il lorgnait toutes les femmes de moins de vingt-cinq ans et on lui connaissait au moins une demi-douzaine d'aventures avec des jeunes filles du coin. S'il n'avait pas eu la gueule cassée, il le devait à sa force prodigieuse et à la protection des grands propriétaires terriens. Il avait aussi la réputation d'être un bon fusil. On le soupçonnait même d'avoir tué Martial, son rival, lors de l'ouverture de la chasse. Il était capable de tout. L'état de Charlotte le prouvait. Il l'avait violée et maintenant il fallait réparer. Et à quel prix !

— Je ferai en sorte que tu ne souffres pas, dit Marie en rejoignant Gertrude dans la cuisine.

La mère observait les deux grosses casseroles pleines d'eau qu'elle avait mises à chauffer sur le poêle de fonte. Marie posa son sac sur la table et l'ouvrit. Elle en sortit d'abord les aristoloches. Aussitôt une odeur fétide de fruit en décomposition se mêla aux relents d'oignons frits qui imprégnaient les lieux. Puis elle plaça trois paquets ficelés sur la table. Le premier contenait de la poudre de busserole ; le deuxième enveloppait un flacon ; le troisième maintenait des rameaux de genêt à balai, qu'elle avait échangés contre de l'huile de cade à Toine Ferri, le colporteur italien qu'elle rencontrait tous les quinze jours à l'auberge du Camp.

Toine lui procurait toutes les plantes et les ingrédients qu'on ne trouvait pas à l'état naturel en Provence. Ainsi la poudre de busserole était tirée des feuilles d'un arbrisseau des Alpes. Elle en avait troqué une grande quantité et l'utilisait régulièrement. La busserole stoppait la diarrhée, les crachements de sang et les hémorragies. Il en était de même pour la potion de pervenche contenue dans le flacon ; elle l'avait obtenue en laissant macérer cinq cents grammes de feuilles concassées dans cinq litres de vin. La pervenche avait les mêmes propriétés que la busserole ; en outre elle soignait la tuberculose et les hémorroïdes. Des trois, le meilleur remède était le genêt. Du moins en ce qui concernait le cas de Charlotte. Le moment venu, elle était assurée d'arrêter les pertes de sang de la jeune fille. Et elle allait en perdre, du sang. Beaucoup.

Marie fit appel à toute la science que lui avaient léguée sa mère et Mémé, aux secrets des femmes de la Sainte-Baume, de Magali, des guérisseuses de Saint-Zacharie, aux recettes des moines chartreux de Méounes et aux conseils du docteur Fabre. Ce dernier lui manquait. Elle aurait dû l'avertir, au risque de provoquer sa colère. Il était contre l'avortement et portait très haut son devoir de médecin. Lui aussi avait sauvé de nombreuses vies, s'improvisant chirurgien dans les cas extrêmes. Elle décida de le faire venir.

— Vous irez chercher le docteur Fabre, dit-elle à Gertrude.

La mère Candelier en resta bouche bée. C'était

fichu. Le docteur ne consentirait jamais à nettoyer le ventre de sa fille. Elle l'entendait déjà tempêter, les traitant de mécréantes.

— Quand elle aura ses premières douleurs et que je serai sûre du résultat de mes médications, ajouta Marie en prenant les dangereuses aristoloches entre ses mains.

Les racines en forme de tubercule contenaient les substances empoisonnées qui provoquaient les avortements. Leur poids total dépassait les cent cinquante grammes et c'était bien plus qu'il n'en fallait pour l'infusion. Elle les déposa au fond de l'une des casseroles. Puis, sortant une sorte de longue vendetta de la poche de sa jupe, elle coupa les rameaux fleuris des genêts, qu'elle mit dans la seconde casserole. A présent il fallait attendre et invoquer les saints.

La tête de Marie bourdonnait. Le tic-tac du régulateur, sorte de pendule bon marché sans aucun ornement, faisait un bruit de pioche dans son crâne. Elle avait passé la première demi-heure à contempler les gravures dans leurs cadres. Lourdes, Toulon, la tour Eiffel, le pont du Gard et une marine offraient leurs horizons bleutés à qui voulait s'y perdre. Et elle s'y perdit jusqu'à ce que Charlotte eût son premier vomissement.

La jeune fille se tenait le ventre. L'affreux breuvage faisait déjà œuvre de destruction à l'intérieur de son corps. Au début, elle eut mal à l'estomac, puis l'onde douloureuse se propagea dans son ventre.

— Mon Dieu ! balbutia Gertrude quand elle la vit cracher du sang et tomber au sol.

— Je vais mourir, râla-t-elle.

Marie se précipita sur elle et lui releva la jupe et les jupons. Ça saignait un peu entre ses cuisses. L'expérience qu'elle tenait de sa mère lui apprit que Charlotte allait perdre l'embryon.

— Allez chercher le docteur et dites-lui que j'ai fait boire de l'aristoloche à votre fille ! Vite !

Gertrude partit en courant et en invoquant les saints. Charlotte se frappait le ventre à coups de poing. Marie lui attrapa les mains et essaya de la calmer par de douces paroles. Mais les mots n'atteignaient plus la conscience de la malade agitée par les convulsions. Marie ressentit le mal. Une tempête de sang se déchaîna en elle ; ses nerfs véhiculèrent des tortures sous la peau. Elle cria avec Charlotte. Elle cria et cria encore jusqu'à ce que sa volonté reprît le dessus. Des linges dans une main et les doigts crispés de Charlotte dans l'autre, elle se mit à éponger le sang qui du sexe coulait à flots. Et elle vit glisser soudain le fruit rougeâtre et gluant sur les carreaux. Une peur incontrôlée s'empara d'elle. La vue de l'embryon la paralysait. Elle se sentit dans la peau d'une criminelle, condamnée à jamais à brûler en enfer.

Une poigne de fer la souleva.

— Qu'est-ce que tu as fait ? demanda une voix bourrue et coléreuse.

Elle ne répondit pas, regardant le géant qui s'accroupissait aux côtés de Charlotte. Le docteur Alexandre Fabre aurait pu être un lutteur de foire. Il en avait la carrure. Son complet gris taillé par le couturier Roubaud ne suffisait pas à lui donner l'allure d'un notable. Il avait la face large et carrée, les mains épaisses. Il était le digne représentant d'une dure lignée de paysans et cette appartenance le servait auprès de sa clientèle éparpillée dans les garrigues.

— Tu mériterais *uno voulado de caou* ! poursuivit-il tout en examinant la pauvresse.

La volée de coups, il ne la lui donnerait jamais. Il aimait trop Marie. Mais il ne pouvait admettre certaines de ses pratiques, qui auraient fait d'elle une sorcière au Moyen Age. En attendant d'avoir une sérieuse explication avec sa protégée, il avait un gros problème sur les bras.

— Quelle dose d'aristoloche lui as-tu donnée ? demanda-t-il en reprenant son ton de praticien.

— Un peu plus que la normale... en infusion, répondit-elle en s'approchant de lui.

Il accepta sa présence ; il voulait qu'elle prît ses responsabilités. Il fallait trouver la bonne parade à cet empoisonnement. L'acidité de l'aristoloche agissait violemment sur les vaisseaux capillaires et les voies digestives. Diarrhée, vomissements, gastro-entérite, météorisme, coliques et spasmes très douloureux, selles sanglantes, inflammation grave des tubes urinifères, dégénérescence graisseuse du foie et attaque des centres nerveux appartenaient à la liste des complications dues à la toxicité de cette maudite plante. En tête venait l'avortement. Dans le cas présent, le résultat était probant. Il éprouva de la peine en palpant l'embryon.

— Qu'as-tu prévu pour lutter contre l'hémorragie ?

— De la poudre de busserole, du vin de pervenche et des infusions de genêt.

— Quel genêt ?

— Du genêt à balai.

Il acquiesça. Marie connaissait parfaitement sa pharmacopée. C'était elle qui lui avait démontré autrefois les vertus de la pervenche et de la busserole et, malgré ses études rationalistes et son attachement aux médicaments modernes, il savait reconnaître les bienfaits voire, quelquefois, la supériorité des plantes. D'après ses observations, le genêt à balai avait un pouvoir vasoconstricteur, hypertenseur et anti-hémorragique.

— Dès qu'on lui aura vidé l'estomac, on lui administrera tes remèdes. Il faudra aussi lui donner beaucoup de lait à boire et du charbon de bois à croquer. Stimulants et révulsifs, voilà ma recette. Madame Candelier, avez-vous des ventouses ?

La pauvre Gertrude eut l'air de tomber des nues. La panique agrandissait ses yeux. Elle n'avait pas compris ce qu'avait dit le médecin, mais elle pressentait que sa fille pouvait être sauvée.

— Elle... Elle va s'en sortir ?

— Il nous faut des ventouses !

— J'ai ça ! J'y vais !

Elle se précipita dans sa chambre, tout aussi lugubre que le reste de la maison aux volets fermés, et en revint avec une douzaine de ventouses. Il leur fallut beaucoup de patience pour venir à bout des douleurs de Charlotte. Pendant plus de huit heures, l'horloge égrena ses secondes de fer. Puis le miracle se produisit, les saignements cessèrent juste avant l'arrivée des sœurs de Charlotte.

Aux petites effrayées par la vue du sang et la pâleur cadavérique de la grande sœur, on expliqua qu'elle avait été empoisonnée par l'eau croupie du puits des Paluds. Ce qui les étonna, car personne ne buvait cette eau. Puis Gertrude voulut payer Marie et le docteur. Tous deux refusèrent. Marie, par peur d'attirer le malheur, et Alexandre, pour des raisons d'éthique. Quand ils reprirent le chemin du village, ils demeurèrent silencieux jusqu'au cimetière. La vue des croix de fer rouillées et des anges aux ailes rognées fit éclater la colère jusque-là contenue du docteur :

— Tu aurais pu la tuer !

— Je sais !

Marie n'avait pas l'intention d'encaisser sans rien dire. Des arguments à lui opposer, elle en avait. Et de solides !

— Tu sais et tu te comportes comme une irresponsable ?

— Je me sens responsable et vous n'avez pas le droit de me juger. Je l'ai fait pour éviter la honte à une famille, pour qu'une jeune fille n'ait pas son avenir brisé ! Qui aurait voulu de Charlotte avec un enfant ? Le pays est rempli de jeunes veuves et de demoiselles qui désespèrent de trouver un mari. La guerre que vous avez voulue, vous, les hommes, a décimé la fleur de notre jeunesse.

— Tu t'égares et...

— Je ne m'égare pas ! Les hommes ne vivent que pour satisfaire leur instinct et leur soif de pouvoir. Celui qui a violé Charlotte est leur digne représentant et il paiera pour son acte. J'en fais le serment devant tous les morts qui nous écoutent.

Et elle se tourna vers les tombeaux alignés derrière le muret comme pour prendre à témoin les invisibles fantômes qui s'accrochaient encore à la vie terrestre. Ses yeux noirs furent traversés d'éclairs. Alexandre eut du mal à soutenir ce regard lorsqu'elle le planta dans le sien.

— Si vous ne voulez plus me voir, je l'admettrai.

— J'ai encore beaucoup de choses à t'apprendre et tu as plus encore à me donner. Tu as bien fait. Charlotte est jolie et courageuse, elle trouvera un mari. Viens, ma fille.

Il ouvrit ses bras et elle alla se blottir contre lui. Elle se mit à pleurer silencieusement. Toute la tension des heures passées s'écoula en larmes le long de son beau visage de madone brune. Elle retrouvait un père et elle puisa des forces dans ce grand corps dont elle sentait battre le cœur. Les combats à venir allaient être difficiles.

# 3

Muette et courbée, étreinte d'un tourment contre lequel elle n'avait jamais pu lutter et qui était comme une peste venue d'un pays lointain, Julia Gaspari conduisait son troupeau de chèvres.

Trente-cinq ans plus tôt, elle avait fui l'Italie, la misère d'un village perdu, les champs maigres et leurs squelettiques laboureurs. Son amour pour Marco, son jeune fiancé qu'elle avait suivi le long des routes de la péninsule, lui avait donné la force de marcher pendant des centaines de kilomètres et de passer clandestinement la frontière.

Un jour, alors qu'ils étaient affamés et désespérés de ne savoir où poser leurs hardes, une vieille bergère provençale, Amélie Sabrougue, les hébergea et leur offrit de partager son pain et son fromage. Ils ne la quittèrent plus. Elle devint leur mère, leur protectrice, et ce fut elle qui apprit à Julia à traire les chèvres et l'initia aux secrets des plantes. Ils appartinrent désormais au petit peuple de la Sainte-Baume. Julia mena les bêtes dans la garrigue et vendit ses herbes sur les marchés de Cuges, de Gémenos et de Signes. Marco travailla dans les mines. Puis Marie arriva. Ce fut le bonheur, jusqu'au jour où deux coups de couteau brisèrent leur vie. L'assassinat de Marco provoqua la mort d'Amélie qui, à quatre-vingt-quatre ans, ne put résister au chagrin. La guerre mondiale noya la tristesse de Julia et de Marie dans un océan de larmes et leur deuil passa inaperçu.

Le soleil déclinait. Les cigales commençaient à se fatiguer. Julia siffla. Les chèvres reconnurent l'appel de leur maîtresse et la suivirent dans le paysage chaotique du collet de Bastian. Elles bondissaient et bêlaient. Munie d'un long bâton noueux, Julia montait avec dignité. Tout de noir vêtue, ses deux gourdes lui battant les hanches, sa biasse à l'épaule, elle s'inscrivait, tel un personnage biblique, sous le ciel violacé et frangé de pourpre. Elle grimpait vers la forteresse tranquille de la Sainte-Baume, où les anges tenaient leurs assises.

Depuis des années, à la même lumière mourante, elle suivait le même chemin tourmenté. Il la mena jusqu'au Grand Ubac dont la borne pointait comme un téton gris. Julia ne marcha pas jusqu'à ce sommet. Le chant des cigales cessa. Ses pas s'arrêtèrent sur un terre-plein où s'élevaient deux tombes de pierres sèches surmontées de croix de bois.

— Marie, murmura-t-elle en voyant sa fille agenouillée entre les deux mamelons.

Un bonheur se répandit en elle. Marie arrangeait des belles-de-nuit dans les pots calés entre les pierres irrégulières. Elle se retourna pour accueillir sa mère et l'embrasser. Cela faisait un moment qu'elle avait entendu les clochettes du troupeau et qu'elle se réjouissait de partager ses prières avec elle.

— Ma petite maman.

Julia s'émut. Etre ici, près des deux êtres chers dont les âmes flottaient dans l'air parfumé, avec sa Marie, dans les mêmes instants, la même pensée, la même tendresse des souvenirs qui les emportaient des années en arrière, elle ne désirait rien de plus. Cependant elle ressentit la tension de sa fille. Quelque chose n'allait pas.

— Qu'as-tu ? lui demanda-t-elle en lui relevant délicatement les mèches rebelles qui retombaient sur le regard brillant.

Elle vit que ce regard-là avait pleuré. Il était comme un étang noir poli par des rayons de lune.

— J'avais besoin de parler à papa et à Mémé [1], répondit Marie en regardant les tombes.

— Tu as eu des ennuis à Cuges ?

— Non... Non. J'ai vu la fille aînée des Candelier... Tu sais, Charlotte... Elle avait des douleurs au ventre... Je lui ai donné de la busserole et de l'artichaut des toits.

— Et alors ?

— Elle est guérie.

— Tu ne veux pas me parler de ce qui te tracasse.

— Rien ne me tracasse... Rien, je t'assure.

Julia n'insista pas. Elle n'en pensa pas moins. Peut-être y avait-il un homme là-dessous ? Marie était-elle

1. Amélie.

tombée amoureuse ? L'avait-on encore harcelée ? Julia craignait le pire. Tous les hommes désiraient sa fille. Quand elle apparaissait devant les cafés, la concupiscence des regards se concentrait sur ses formes et elle était l'objet de mille caresses imaginaires et charnelles. Plusieurs femmes au marché l'avaient mise en garde : « Ta fille, elle a la beauté du diable, tu ferais mieux de la garder à Riboux avec tes chèvres. C'est pas qu'on lui veut du mal, mais elle détourne nos hommes du droit chemin. » Elle aurait pu leur répondre que les seuls chemins que connaissaient leurs hommes étaient ceux des cafés de Cuges et des bordels d'Aubagne, mais elle avait préféré se taire. Pour les gens d'ici, elle était toujours une *estrangère*, c'est-à-dire quelqu'un qui n'avait aucun droit, surtout pas celui de dire la vérité.

— Ce soir, elles s'ouvriront, dit Marie en parlant des fleurs.

Julia se mit à contempler les belles-de-nuit, que certains appelaient les merveilles du Pérou, et elle se plut à imaginer leurs corolles blanches panachées de bleu. Elle en oublia ses appréhensions. Marco et Mémé étaient tout proches. Leurs esprits planaient au-dessus des tombes, plus légers que les parfums de la garrigue.

— Je vous aime, dit Marie en touchant les pierres chaudes des tombes.

Cet amour n'était pas vain. Les âmes le partageaient. Descendues des hauteurs défendues par les anges, elles frôlèrent les deux femmes agenouillées. Ce fut plus léger que la caresse d'un pétale, mais

Marie et Julia les perçurent. Elles retinrent leur souffle pour prolonger cet instant.

Les cigales brisèrent cette communion en reprenant leur chant. L'hymne s'adressait au soleil mourant. La mère et la fille regardèrent disparaître le disque du côté de Marseille. L'horizon en fusion était un signe qui ne trompait pas : le mistral allait se lever avec force. Julia prit le bras de Marie, conjurant les dangers que le roi des vents allait faire naître. Les feux, la sécheresse, la folie des hommes et des bêtes, tout pouvait arriver quand son galop durait trop longtemps, et elle ne croyait pas qu'il purifiait l'air de ses miasmes car on mourait autant quand il prenait possession de la Provence.

— Rentrons, dit-elle.

Elles sifflèrent ensemble et rameutèrent les biquettes. La nuit les rattrapa quand elles parvinrent en vue de la Sauvagère. La petite maison flanquée de son étable les attendait au cœur des chênes, des cades et des cistes. La lumière lunaire perçait à travers l'immobilité du ciel. Elle touchait les rochers de la Sainte-Baume, la cime des arbres et le faîte du toit, les faisant luire doucement. Et une fois de plus Marie eut la certitude qu'il n'y avait pas d'endroit plus magique dans le monde. Elle avait été élevée au milieu de ce paysage sauvage animé de forces invisibles que la plupart des gens ignoraient. Quelquefois elle sentait ces puissances nées de la terre, quelquefois elle devinait les ombres des revenants qui cherchaient à les combattre depuis les origines, quelquefois elle entendait les vagues échos des batailles titanesques qui opposaient les champions de la lumière aux êtres des ténèbres, et ce n'était pas le fruit de son imagination. La Sainte-Baume était une frontière entre les mondes.

Mais en ce début de nuit, rien ne venait troubler Marie. Tout était bien réel, palpable. Les chèvres répondaient en bêlant aux aboiements lointains des chiens de Riboux, le chant des grillons adoucissait sa fatigue, les hautes herbes rêches flagellaient le bas de ses jambes. Elle avait encore en tête la vision de la pauvre Charlotte et elle pensait à la venger. Pendant toute la remontée vers la plaine des Espèces, elle avait eu le temps d'y réfléchir. Il y avait plusieurs façons de punir le coupable. Vincent Espinet était fier, grande gueule, dominateur. Elle devait le forcer à ramper devant ses victimes et elle avait sa petite idée pour y parvenir.

Les narines de Marie palpitèrent, son ventre gargouilla. Elle pouvait suivre l'odeur de la soupe au pistou à la trace, du grenier où elle entreposait ses herbes et ses racines jusqu'à l'âtre de la cheminée où pendait le chaudron léché par les flammes. Sa mère faisait les meilleures soupes de la région. Elle avait le don de marier les légumes, la couenne, la poitrine fumée, les gousses d'ail, les huiles, le sel et le poivre, et n'oubliait jamais d'ajouter le céleri, le cerfeuil et le persil dans la plupart des recettes qu'elle élaborait d'instinct. Les jours de fête, elle renouait avec le passé et pétrissait la pâte pour les cannellonis à la florentine ou les lasagnes au *pesto*.

« Elle a ajouté de la marjolaine », se dit Marie en humant l'air du côté de la trappe ouverte. Elle était contente d'elle. Il était extrêmement difficile d'isoler une odeur infime au milieu des fragrances, des relents, des arômes et des parfums qui l'assaillaient. Tout autour d'elle, des boîtes, des bocaux, des paquets contenaient des plantes et des racines séchées par centaines ; il y avait aussi une vieille armoire bancale remplie de bouteilles et de flacons. Sirops, potions, tonifiants y étaient rangés par familles et tailles.

Marie était très fière de son trésor. De la très rare abutilon à la frêle jacinthe, elle avait accumulé de quoi soigner presque toutes les maladies. Contrairement à Mémé et à sa mère qui cueillaient des variétés communes aux propriétés connues par la plupart des paysans, elle avait cherché à rassembler et à utiliser les espèces rejetées ou ignorées, achetant et commandant des ingrédients et des plantes à Toine Ferri, le colporteur. Elle avait même testé sur elle des décoctions et des poudres à doses infinitésimales et rencontré les femmes initiées de Signes et de Saint-Zacharie, les mascs [1] d'Auriol et de Roquevaire, les bergers de Nans et de Mazaugues pour confronter ses expériences aux leurs. A ces « savoirs » vieux de plusieurs millénaires elle avait ajouté celui du docteur Fabre, tourné vers l'avenir. Le praticien lui parlait de chimie et elle était fascinée par les mots savants qu'il employait et expliquait. Cet enseignement spécialisé

1. Les jeteurs de sorts.

faisait partie de l'enseignement général qu'il lui dispensait depuis deux ans car elle n'était jamais allée à l'école malgré la loi Ferry de 1882.

Tout en étalant des feuilles de poivre d'eau et de troènes, elle pensa aux devoirs qu'elle devait rendre au docteur. Il y allait de l'honneur de son nom. Gaspari était devenu synonyme d'illettré, et au village on disait souvent aux enfants qui rechignaient à se rendre à l'école : « Vous voulez devenir comme la Gasparine, une sauvage qui parle aux oiseaux et se nourrit de racines ? » Elle allait leur montrer qu'elle était capable de lire, d'écrire et de compter. Dans un premier temps, elle s'était fixé un objectif : être au niveau de son amie Lucie Barthélémy. Plus lointaine était la perspective de réussir au certificat d'études, mais elle y parviendrait.

Son ventre et sa tête criaient famine ; elle se glissa à travers la trappe et rejoignit sa mère. Julia posait les rustiques assiettes en terre cuite. Le rituel était immuable. On priait, on soupait, on rangeait et chacune retournait à ses tâches individuelles : la mère à ses chèvres et à ses fromages, la fille à ses plantes et à ses études.

— J'aurai des fromages pour l'épicier et pour ton docteur.

— Je te l'ai dit cent fois, ce n'est pas mon docteur, rétorqua Marie.

— Je sais, c'est ton vieux camarade, ironisa Julia qui n'aimait guère Fabre.

Elle estimait qu'on devait fréquenter les gens de son âge. Chaque génération avait ses règles, ses marques, et il lui était impossible d'imaginer une complicité entre une jeune fille de vingt ans et un homme de cinquante. Cette relation n'était pas claire. C'était l'une des raisons qui depuis quelques mois lui faisaient éviter le marché de Cuges. On jasait à haute voix lorsqu'elle vendait ses fromages et elle entendait souvent prononcer le surnom de Marie : la Gasparine. « La Gasparine veut une rente, elle tient au chaud les pieds du docteur » ; « la Gasparine sait y faire avec ses plantes d'amour, le Fabre veut se la marier ». La Gasparine par-ci, la Gasparine par-là. Ils étaient une poignée à bavasser sur sa fille. Des langues efficaces, bien plus dangereuses que celles des vipères, dardées jusqu'aux veillées sur sa courageuse fille, des langues de putes comme on disait ici.

— Et pourquoi, il n'est pas marié cet homme ? continua Julia.

— Tu le sais très bien.

— Oh, cette vieille histoire...

On lui avait raconté qu'au début du siècle Fabre était amoureux fou d'une Marseillaise. Elle avait été emportée par les fièvres de Malte. Depuis ce temps-là, on ne lui connaissait pas d'aventures.

— *La faouto dei medecin, la terro lei cuerbe.*

Elle parlait rarement en provençal, mais dans cette langue « la terre couvre la faute des médecins » prenait toute sa dimension. Elle parut excessive et méchante à Marie.

— Tu n'as pas le droit de dire ça ! Alexandre exerce son métier avec passion et honnêteté... Et tu devrais t'interdire de penser comme ceux qui croient que je suis sa maîtresse !

— Ce n'est pas vrai !

— Et peut-être bien que ça me plairait d'être dans son lit.

— Marie !

— Je m'appellerais madame Fabre et on oublierait ce Gaspari qui me colle à la peau et qui nous a valu toutes ces méchancetés.

Elle vit qu'elle était allée trop loin. Des larmes apparurent au coin des yeux de sa mère. Un poids immense était descendu sur la poitrine de Julia. Elle se recroquevilla, prit dix ans en quelques secondes et ne chercha pas à lutter contre le chagrin.

— Maman, ma petite maman, pardonne-moi ! dit Marie en la serrant dans ses bras.

Il était trop tard. Le mal était fait. Elle aurait voulu crier qu'elle était fière de porter le nom de Gaspari et elle ne put mêler ses larmes qu'à celles de sa mère. Ce fut Julia qui embrassa sa fille.

— On est folles toutes les deux, dit-elle en essayant de sourire.

— Oui, renifla Marie... Je crois qu'on devrait manger de la valériane.

— Ou de l'agripaume !

— De la matricaire, c'est mieux.

— Non ! du chanvre.

— Et pourquoi pas de l'avoine, comme les chevaux ?

Elles se mirent à rire franchement. Toutes les plantes qui calmaient les désordres nerveux leur passèrent par la tête. Puis vint le moment de se séparer, de fabriquer les fromages, d'étudier. Dix heures sonnèrent aux lointains clochers des villages.

« [...] La cour allait en montant, plantée d'arbres symétriquement espacés, et le bruit gai d'un troupeau d'oies retentissait près de la mare. » Marie acheva sa lecture en rejetant une grande bouffée d'air. Symétriquement ! Mot difficile. Elle n'en comprit le sens qu'en imaginant la cour plantée d'arbres. Ce petit texte d'une vingtaine de lignes de Gustave Flaubert lui donnait bien de la peine. En fait, tous les textes du livre de composition française, cours moyen et certificat d'études, de Gabet et Gillard, étaient autant d'épreuves qu'elle surmontait en bataillant ferme avec sa caboche. Oui, caboche, il n'y avait pas d'autre mot pour désigner cette tête plus hermétique qu'une boîte de conserve. Pourtant elle ouvrait tout grand les yeux, parlait à voix haute, tentant d'enfoncer dans sa cervelle les adjectifs, les verbes et les compléments. Quand elle y parvenait, elle avait l'impression qu'un phare s'allumait et balayait de son faisceau de vastes zones de son esprit. Elle se sentait alors grandir et de nombreux frissons parcouraient son corps.

Il n'en demeurait pas moins que Flaubert était un auteur qui demandait des efforts. Et ce n'était pas fini. A présent, elle devait composer des phrases avec les verbes et expressions liés à sa lecture. « Affermer » était le premier sur une liste qui en comportait douze et se terminait par « battre les blés ». Elle prit son crayon, ouvrit son cahier d'écolier et se mit à penser.

Son intense réflexion lui fit ronger le bois du crayon et piquer les yeux, qu'elle usait toutes les nuits à la lueur d'une lampe à pétrole. Elle mit du temps à terminer l'exercice, traçant maladroitement les lettres et doutant du résultat. Elle avait encore en mémoire les souffrances de Charlotte et son envie de justice dépassait sa volonté de s'instruire.

Dans la plaine, il y avait un homme qui dormait sans crainte. Peut-être rêvait-il à ses victimes. Elle allait lui donner des cauchemars. Cette résolution soudaine favorisa son inspiration. Elle composa sa dernière phrase avec « battre les blés ». Ce qui donna : « On frappa Vincent Espinet avec des fléaux comme on battait les blés. »

Vincent Espinet. Une rage s'empara d'elle. Elle dirigea son regard vers l'appentis où elle conservait les poisons. Certains étaient si puissants qu'il suffisait de les effleurer des doigts pour crever dans les heures qui suivaient. Mais elle ne voulait pas voir mourir le contremaître. Surtout pas !

— J'aviserai demain, dit-elle à haute voix.

Elle avait encore du travail et refusait de s'encombrer l'esprit avec ce bellâtre en costume de velours. Elle referma le livre de composition française et ouvrit celui d'arithmétique, page 121 où le docteur avait coché l'exercice 383. Elle eut aussitôt un soupir d'exaspération en lisant le sujet : « Une servante est restée 90 jours dans une maison. Elle recevait 5 F par jour quand elle était nourrie et 11,25 F quand elle ne l'était pas. Au bout de ce temps elle reçoit 568,75 F.

Combien de jours a-t-elle été nourrie ? »
Ses dents mordirent le crayon. Décidément, elle préférait Flaubert.

## 4

Marie fit de grands signes à sa mère. Julia s'éloignait, poussant son troupeau vers le vallon de la Luyi. Mignoun, le mulet, était aussi de sortie. Les tonnelets encordés sur ses flancs, il suivait d'un pas sûr sa maîtresse sur le chemin des sources. L'eau coulait en abondance au fond du vallon et on avait la garantie de sa pureté car peu d'humains s'aventuraient par là-bas. La Luyi coulait sous les Enfers, que les anciens nommaient aussi « château du diable », et il arrivait quelquefois à Julia ou à Marie d'y voir grimper les silhouettes noires des sorcières de la Sainte-Baume.

Quand la dernière chèvre disparut dans la garrigue, Marie reprit sa marche et renoua avec les obsédantes pensées qui ne l'avaient pas quittée depuis la veille. Comment allait-elle punir Vincent Espinet ? Elle devait d'abord s'en approcher et le mettre en confiance. Elle ne voyait qu'un seul moyen d'y parvenir en toute innocence : devenir journalière dans les champs contrôlés par la brute.

Espinet travaillait pour le compte d'un riche

héritier de Toulon : Georges Borel. Originaire de La Ciotat, qu'il avait quittée à l'âge de quatorze ans pour venir s'installer avec ses parents à Cuges, il vivait depuis sept ans à la ferme des Hirondelles, partageant ses tâches entre les cultures de la câpre, du safran et de la vigne. On lui connaissait deux passions : la chasse et les femmes. Avec ces dernières, il avait pu donner toute sa mesure et exercer ses talents pendant la guerre. Mystérieusement, bien que mobilisé – il avait trente-six ans en 14 –, il ne s'était jamais rendu plus loin que la plaine de Chibron située à quelques kilomètres du village, dans le camp où transitaient poilus et prisonniers de guerre. Il y convoyait le vin et la gnôle et distribuait le courrier. Sa liberté était telle que tous les soirs il pouvait rejoindre l'une de ses conquêtes.

Quelqu'un le protégeait. Et ce quelqu'un était puissant. Marie en avait la conviction. Tout en dressant des plans, elle s'arrêta pour cueillir du millepertuis. Il déployait l'or de ses larges fleurs sur les ruines d'un vieux mur. Elle ne se rappelait pas en avoir vu autant. Elle l'utilisait pour préparer une potion contre les crampes d'estomac qu'elle obtenait en laissant macérer les fleurs dans de l'huile d'olive pendant quinze jours au soleil. Elle mélangeait aussi les feuilles à celles du lierre terrestre et à des racines d'aunée et en tirait un excellent fortifiant pour les voies respiratoires.

Elle réalisa soudain qu'elle avait dévié de l'un des nombreux chemins habituels qu'elle empruntait pour se rendre à Cuges.

« Non », se dit-elle en ne pouvant réprimer un frisson. Elle grimpa sur le mur écroulé. Elle était bien sur le territoire interdit. A cinq cents pas de l'endroit où elle se trouvait, s'élevait le château des Espèces, entouré de vignes et d'oliviers. Appartenant aux héritiers d'un très vieux Marseillais, monsieur Gournelle, qui avait fait fortune dans la savonnerie, il était bâti au centre d'une propriété de cent quatre-vingts hectares qu'on appelait Sainte-Marie des Genêts et marquait de son empreinte séculaire l'histoire de Cuges. De tout temps, le lieu avait été habité et pour qui savait percer les secrets de la nuit, il n'était pas rare d'entendre cliqueter les épées et les éperons des chevaliers hantant la plaine des Espèces. Il était vrai que l'été on percevait surtout les envolées des violons et les trilles des clarinettes. Dans ce château de construction récente qui avait l'aspect d'une gentilhommière, les Gournelle donnaient des fêtes somptueuses. On voyait souvent des colonnes d'automobiles aux carrosseries rutilantes emprunter le chemin de Riboux pour gagner les hauteurs de la plaine. Les puissants de la région se déplaçaient ainsi de bastides en châteaux à la belle saison, écrasant de richesses, de morgue et de suffisance les paysans qui les regardaient passer avec envie.

Marie recula d'un pas. Pour la première fois de sa vie, elle avait trahi la parole donnée. Pendant toute son enfance, ses parents et Mémé s'étaient relayés pour lui faire comprendre que cet endroit était maudit et qu'en aucun cas elle ne devait franchir une ligne qui passait derrière le barrage artificiel et coupait d'est en ouest l'ancienne terre des seigneurs de Montaigu. Elle avait obéi, ne cherchant pas à poser de questions. Elle imita les indigènes qui craignaient et respectaient les riches propriétaires. Deux gardiens peu commodes veillaient toute l'année aux droits des Gournelle et leur présence suffisait à décourager les maraudeurs et les curieux.

— Je ne l'ai pas fait exprès !

Cette vérité la rassura et elle rebroussa chemin, se dirigeant vers les ravins qu'elle avait l'habitude d'utiliser pour se rendre d'un point à un autre. Dans sa retraite, elle rencontra les roumanières qui furent étonnées de sa présence sur les Espèces. Ces femmes formaient autrefois une véritable corporation et on les apercevait, allant par bande dans les collines et coupant romarin, thym et sarriette. Tout le produit de leur récolte était distillé. On avait fini par leur livrer une véritable guerre car elles ravageaient la garrigue. Celles qui se tenaient devant Marie avec leurs faucilles et leurs sacs de toile étaient les dernières à pratiquer cette antique cueillette. Elles vivaient à la ferme du Roumanil qui regroupait plusieurs familles cultivant les lavandes et les aspics.

— T'es venue prendre nos herbes ? dit une petite femme aux traits énergiques burinés par les intempéries.

— Vos herbes ? Je crois que tu te trompes, Simone.

— Et qu'est-ce que tu as dans ton barda ?

— Il me semble que nous sommes sur les terres des Gournelle, répondit Marie en la défiant du regard.

Les huit compagnes de la Simone formèrent un

cercle et se firent menaçantes. Elles étaient bien capables de la sarcler à coups de faucille et de la jeter dans un gouffre.

— *Es uno casvaveletto*[1] ! Elle comprend rien à ce qu'on lui demande, dit une très jeune roumanière qui n'avait pas quatorze ans.

— C'est peut-être chez les Gournelle, ce lopin inculte, mais il se trouve que la grand-mère de ma grand-mère venait ramasser la sarriette ici bien avant l'arrivée des Marseillais du château, dit d'une voix blanche la Simone en tapant du pied sur ce sol qu'elle faisait sien.

Blanches aussi étaient les jointures de ses doigts serrés sur le manche de son outil. Elle avança d'un pas. Marie comprit que la partie était perdue d'avance. Les roumanières savaient se battre. Elles n'hésitaient jamais à donner du poing quand les bals dégénéraient sur les places des villages.

— Eh bien, prends-les, tes sarriettes ! dit Marie en ouvrant soudain son sac.

— De l'herbe aux mille trous ! s'étonna une femme.

— Ça alors, du trascalan perforé, renchérit une autre. Qu'est-ce qu'elle va mijoter avec ce chasse-diable ?

Le millepertuis était connu sous des noms divers. A l'évidence, elles ignoraient tout de ses propriétés officinales. La Simone lorgna les fleurs jaunes. C'était même pas bon pour les chevaux. Du poison ! La

1. C'est une tête légère.

Gasparine tramait quelque chose. Et dire qu'il y avait de nombreux imbéciles qui faisaient appel à elle pour se soigner.

— Qu'on te revoie plus par là ! lança-t-elle en haussant les épaules. *Anen fes-leou !* ajouta-t-elle. La journée ne fait que commencer ! Au travail.

Ce « Allons, hâtez-vous ! » remit au pas la petite troupe des roumanières qui passèrent par-dessus le mur écroulé et s'attaquèrent à un parterre de thym. Marie s'empressa de s'éloigner. Quand elle dévala la pente abrupte d'un ravin, elle jura de ne plus jamais mettre les pieds sur ce maudit domaine.

Une demi-heure plus tard, elle marchait sans peur vers les champs de câpres. Sa décision était prise. Elle allait se faire engager par Vincent Espinet. Chaque année, on manquait de bras. La récolte consistait en une course de vitesse qui durait plus de deux mois. Il y avait toujours des pertes car les boutons de fleurs devaient être cueillis dans les cinq jours qui suivaient leur apparition sur les rameaux. Toutes les semaines ou à chaque élévation de température, il y avait de nouvelles éclosions et les deux cents journalières disséminées sur les centaines d'hectares ne parvenaient pas à résorber cette généreuse production de la nature. Lorsque les boutons grossissaient, ils ne valaient plus rien.

Elle laissa le village sur sa gauche. Dans son écrin de chaleur, Cuges dressait ses maisons en une forteresse protégeant la voie vitale qui reliait Marseille à Toulon. Voitures, camions, cabs, charrettes, carrioles et troupeaux mêlés s'y engouffraient, provoquant des embouteillages qu'aurait pu revendiquer une grande métropole. A cinq cents mètres de la route, Marie entendait les pétarades des véhicules, mais elle percevait aussi les chants des paysannes des Croix et de la Tripude.

Les câpriers la cernaient de toutes parts. Des chemins se perdaient entre ces petits arbustes qui donnaient chaque année un peu moins. Depuis 1910, les prix de la câpre ne cessaient de baisser et la récolte, qui avait dépassé les mille tonnes par an au siècle dernier, n'atteignait plus à présent que les six cent cinquante tonnes. Faute de rentabilité, on arrachait peu à peu ces « tapeniés » et saison après saison le paysage changeait, rendant nostalgiques les vieux Cugéens qui avaient passé leur vie à se casser le dos dans les champs et sur les restanques.

Marie pensait parfois à leur disparition. Les câpriers avaient des avantages. La racine cuite résorbait les vieux ulcères ; l'huile qu'on en tirait servait à frictionner les personnes atteintes d'hydropisie ou de chlorose ; quarante grammes de sa poudre mélangés à des écorces de tamarix et de frêne auxquelles on ajoutait des fleurs de millepertuis, le tout macérant pendant huit jours dans un litre de vin rouge, donnaient un vin tonique aux multiples propriétés. Mais en ces instants, au milieu des rameaux poilus aux feuilles d'un vert tendre, elle ne se souciait pas de l'avenir des cultures. Toute son attention se concentrait vers la ligne sombre des femmes. Elle reconnut leur chant. Il était ancien. Il racontait une histoire de fileuses et elle se sentit transportée à une époque révolue.

*Vautré frèmo de quarant'an*
*Qu'avès de fiho de quinge an,*
*Aprenès lei bèn a fiela,*
*Encaro miès a débana,*
*Per fin qué pousquèn l'an qué ven,*
*Faire lei fieloue toutis ensèn.*

*Vous, femmes de quarante ans*
*Qui avez des filles de quinze ans,*
*Apprenez-leur bien à filer,*
*Encore mieux à dévider,*
*Afin que nous puissions l'an prochain,*
*Faire les fileuses ensemble.*

De mémoire, on ne connaissait pas de fileuses. Ici, depuis sept générations, mères et filles étaient aux champs, le dos courbé, les reins cassés, et il n'y avait pas que des femmes entre quinze et quarante ans. Marie vit des fillettes de dix ans et des grands-mères de soixante s'échiner dans les massifs fleuris. Une trentaine de journalières avançaient pas à pas. En la voyant arriver, plusieurs se redressèrent et lui firent des signes de bienvenue. Elles n'eurent pas le temps de s'enquérir sur les motifs de sa présence aux Croix. Une voix claqua tel un coup de fouet.

— Fainéasses ! Je vais vous mettre à l'amende !

Marie se retourna d'un bloc comme pour faire face à un animal sauvage. Vincent Espinet se tenait à dix pas d'elle, une fine baguette de saule à la main. Un chapeau de paille enfoncé jusqu'au ras des sourcils, qu'il avait drus et fournis, faisait de l'ombre à son regard pareil à un éclat de charbon. Elle ne l'avait pas vu arriver, elle ne l'avait même pas entendu. L'homme savait se déplacer sans bruit. Il s'approcha d'elle. Il était grand, large d'épaules et sentait une indéfinissable odeur d'alcool qu'elle classa parmi les liqueurs et qui semblait surtout se dégager de la gourde de cuir qu'il portait en bandoulière.

— Voyez-vous ça ! La Gasparine en personne ! Nous sommes honorés, persifla-t-il en soulevant son chapeau pour la saluer.

— Bonjour Espinet, dit-elle sans se démonter.

Espinet se rembrunit. Il n'aimait pas que les femmes l'appellent par son nom d'une manière aussi cavalière. Surtout quand c'était des petites salopes du genre Marie Gaspari, des filles sans instruction vivant dans la paille et la merde des chèvres. Cependant, il se ravisa. La Gasparine était vraiment trop belle.

Emotion indescriptible, où naissait un lent mouvement de désir qui arriva jusqu'à ses yeux, comme des braises rougies par un souffle interne, comme quand il se mettait en chasse, le fusil à la main. Il la contempla avec un tel appétit que Marie en fut effrayée. Chaque parcelle de la peau de la jeune fille était une cible qu'il visait. Il aurait voulu passer une main dans ces cheveux qui tombaient en longues vagues noires et bouclées dans le dos, caresser ce visage à l'immense regard sombre et pénétrant et aux lèvres pleines, délicatement ourlées. Embrasser cette bouche dont il devinait le goût de fraise était un rêve qu'il entretenait depuis longtemps avec les copains au café. Mais ce rêve partagé lors des beuveries ne se limitait pas à un baiser volé, il se poursuivait à fleur de peau jusqu'à la pointe des seins, à la rondeur des fesses, aux cuisses ouvertes sur le secret du ventre. Là était le centre de tous les désirs que les uns et les autres attisaient par un langage ordurier et imagé.

Là venait de s'abaisser furtivement son regard possessif. Un sourire transforma son visage. Ce n'était plus le contremaître, mais le séducteur de quarante ans à la fine moustache qui s'adressa à Marie :

— Tu devrais nous rendre plus souvent visite.

— Ça peut se faire, répondit-elle... Je m'étais dit qu'il y avait peut-être un moyen de faire la saison... ici.

— Nom de Diou ! s'écria-t-il en se frappant la main avec la baguette. Ça fait des années qu'on manque de bras. Regarde là-bas ! Ils sont en fleurs depuis dix jours et ils ne valent plus rien !

Marie prit un air navré et continua sur le même ton réservé, jouant l'intimidée.

— J'ai jamais cueilli les boutons des câpriers.

— Une bourrique en serait capable, et il y en a là dans le tas ! dit-il en désignant les femmes de sa baguette. Du moment que tu as des ongles au pouce et à l'index, que tu tiens ta langue et que tu fais tes dix heures, t'es bonne pour le service. Remarque, les heures, je m'en fiche un peu, vu que je paie au kilo ramassé. Pour une débutante, c'est six sous le kilo, mais pour toi je veux bien monter jusqu'à huit sous.

— Et pourquoi ?

— Parce qu'il me plaît de gâter une belle fille comme toi.

Il ne cherchait pas à dissimuler sa soif. Il était même prêt à lui octroyer des primes. Avec les femmes, affirmait-il à ses amis, si t'as le pouvoir et l'argent, tu les mets dans ton lit.

Une rougeur de colère monta aux joues de Marie et il prit cela pour de la gêne. « Fille facile, pensa-t-il, avec trois rubans et deux mouchoirs brodés, elle sera à moi ! »

— Je crois qu'on va bien s'entendre tous les deux, ajouta-t-il en lui caressant la joue du bout de sa baguette.

Masquant sa répulsion, elle hocha la tête. Il lui montra les paniers vides dans un renfoncement du chemin. Elle en prit un et rejoignit les journalières, se retournant comme pour l'encourager dans ses espoirs. Il lui décocha à nouveau un sourire carnassier, puis but à la gourde qu'il venait de détacher de sa lanière.

A présent, elle était dans la nasse et allait devoir se méfier d'Espinet. La brute n'attendrait pas longtemps. Elle redoutait ce harcèlement et en même temps elle le désirait. Il conditionnait la réussite d'un plan qu'elle n'avait pas encore imaginé. Toute à ses pensées, elle se mit en bout de ligne, près d'une vieille et pauvre Cugéenne qui abritait la neige de son crâne sous le chapeau de feutre de son défunt époux. Elle s'appelait Angèle et gagnait sa vie comme elle pouvait malgré ses rhumatismes et sa vue faiblissante. Elles se saluèrent sans effusion. Marie n'eut pas besoin d'être initiée à la cueillette. En quelques secondes d'observation, elle vit le travail qu'effectuaient les mains parcheminées d'Angèle. L'une repoussait les rameaux, et l'autre, d'une incision des ongles, récupérait un jeune bouton de fleur. La câpre coupée tombait dans le panier et on répétait les mêmes gestes indéfiniment jusqu'au harassement.

Marie avait la jeunesse, l'agilité et l'expérience des cueillettes sauvages. En moins de dix minutes, elle dépassa la cadence d'Angèle. Au bout d'un moment, elle donna une poignée de câpres à sa compagne.

— Tu me vexes, petite ! Reprends tes câpres.

— Vous en aurez plus besoin que moi.

— Mais ce sera des sous en moins pour toi !

— Il me faut mille sous, pas un de plus, pour acheter une nouvelle robe, mentit-elle.

— Et avec tes plantes, tu n'en gagnes pas assez ?

— Juillet et août ne sont pas de bons mois pour une coureuse des collines comme moi. J'ai peu de malades à soigner.

— T'aurais mieux fait de courir jusqu'à une autre ferme ou demander du travail à l'usine de bouchons d'Aubagne. Ici, y a un loup qui guette les jeunettes comme toi et les dévore sur les talus, répondit Angèle en glissant un regard vers l'endroit où Vincent Espinet se tenait.

Marie lança le sien dans la même direction. Le

contremaître n'était plus là. Elle chercha à le repérer, mais aucune tête ne dépassait de la forêt d'arbustes.

— Arrête de guincher[1], conseilla Angèle. La plupart du temps, il fait la sieste. Il a du vin et des liqueurs à évaporer, ce drôle. Crois-moi, il saura te trouver quand il le voudra.

Angèle soupira. Elle savait de quoi elle parlait. Espinet surgissait toujours à l'improviste. Il frappait les plus lentes et les plus fragiles avec sa baguette. Généralement il s'en prenait aux célibataires, aux jeunes veuves, aux mères et aux filles dont il connaissait la situation familiale tragique, celles qui avaient pour mari ou pour père un ivrogne ou un joueur de cartes. Il se contentait d'engueuler les plus vieilles.

— T'aurais mieux fait de rester dans tes garrigues !

— *Qu'u noun hazardo noun pren pey*, répondit Marie.

Ce « Qui rien ne risque rien ne prend » plut à Angèle. Elle comprit que Marie n'était pas là par nécessité, mais pour régler des comptes.

— Je t'aiderai, dit-elle en acceptant une nouvelle poignée de câpres.

1. Observer à la dérobée.

# 5

Pendant quatre jours le soleil leur brûla la nuque et leur chauffa les reins. A cette tourmente descendue du ciel vint s'ajouter celle venue du Rhône. Le mistral. Il soufflait, le bougre. Il labourait les flancs des collines, dressait des colonnes de poussières qu'il jetait à la vitesse d'un train sur les visages. Seules les cigales semblaient résister et se manifestaient toujours aussi fort entre deux halètements de la terre.

En quatre jours, Marie avait atteint le quota d'une bonne cueilleuse. Elle ramassait quinze kilos de câpres. Mais comme elle en donnait trois à Angèle, elle gagnait à peine cinq francs à la fin de la journée. Après la pesée de sa récolte et l'encaissement de son gain, elle passait voir Charlotte. L'adolescente était sur la voie de la guérison. La veille, elle avait fait quelques pas à son bras. Encore une semaine et elle pourrait reprendre ses activités. Loin d'Espinet et de ses comparses. On embauchait partout sur la Sainte-Baume et, de l'olive au safran, il y avait de quoi occuper les Cugéens et les immigrés d'Italie.

Marie pensait sans cesse à Charlotte, à toutes les Charlotte du monde, et ces pensées qui aiguisaient sa haine avaient produit leurs fruits. A présent, elle savait comment elle allait rendre justice. Le guérisseur d'Auriol, Magali Giraud, les femmes de Signes la Noire et celles de Saint-Zacharie lui avaient dévoilé certains secrets. Ils lui étaient revenus en mémoire. Pour rendre impuissant Vincent Espinet, elle avait le choix entre le lait de nénuphar blanc, la ciguë macérée, la poudre de lupulin, le suc de laitue vireuse ou l'écorce de saule blanc. Les effets de ces préparations étaient rapides et imparables. Certes, ils ne duraient pas, mais quelques heures suffiraient à l'accomplissement de son plan. Elle connaissait les habitudes du contremaître. Il passait presque tout son temps sous une petite toile grise attachée solidement à quatre piquets. Ce refuge, qui ne dépassait pas un mètre de haut et deux de large, était pratiquement invisible. A l'abri du soleil et du vent, Vincent faisait ses comptes, buvait, dormait, prenait son plaisir. Lorsqu'il en sortait, c'était pour donner des ordres ou reluquer les croupes des jeunes femmes. C'était dans cet antre que Marie avait décidé de frapper.

Elle avait choisi la laitue vireuse et le lait de nénuphar. Lorsqu'elle avançait entre les câpriers, les deux flacons contenant les potions tintaient dans la poche de sa jupe. Ce son cristallin l'angoissait. Il finit par éveiller la curiosité d'Angèle :

— Tu portes des médicaments sur toi ?

— On peut les appeler ainsi, répondit-elle en contemplant le soleil.

Dans sa course, il avait parcouru la moitié du ciel. Une terrible rafale de vent chargée de brindilles, de feuilles sèches et de gravillons força Marie à se courber.

— Il est presque midi... Tu dois les administrer à quelqu'un ? demanda la vieille Cugéenne en lui lançant un regard soupçonneux.

— Oui. A un mécréant.

— Et ce mécréant vit près d'ici ?

— J'ai fait une promesse à la petite Charlotte, dit Marie en répondant indirectement.

A l'évocation de l'aînée des Candelier, le regard d'Angèle s'attrista. Elle murmura :

— Peuchère d'elle, il lui a mis le mal dans le ventre.

Les secrets n'étaient jamais bien gardés. On savait que la petite s'était fait culbuter à plusieurs reprises par Espinet. Au lavoir, les langues se déliaient. Les femmes aimaient parler des malheurs des autres. Sur la petite Charlotte, tout avait été dit. Quelques jalouses l'avaient même accusée d'être une aguicheuse. Quand elle quitta soudainement son travail aux champs, les bavardes surent d'instinct qu'elle était enceinte.

— Tu as fait partir la mauvaise graine ?

— Qu'est-ce que je pouvais faire d'autre ? répondit Marie.

L'émotion perçait dans sa voix. Son regard s'embua. Angèle lui prit le bras et le serra.

— C'est bien, c'est bien, petite. Tu es courageuse. Je suis de ton côté. Le Vincent doit être puni. Dis-moi ce qu'il faut faire.

Marie avait misé sur l'aide de la vieille Angèle. Sa contribution arrivait plus tôt que prévu mais tout était prêt. Elle dévoila son plan. Elle dit exactement à Angèle ce qu'elle aurait à faire à l'heure de la pause. Ses dernières paroles furent emportées par le mistral. De nouveau, le silence régna, entrecoupé par les mugissements du vent et le chœur des cigales. Il faisait très chaud, une chaleur sèche et vivante, accentuée par les caprices du mistral qui soufflait le feu dans les têtes.

Soudain, il y eut un bruit strident. Comme d'habitude, à midi trente, Espinet se servait de son sifflet de gendarme pour marquer le début de la pause.

Toutes les femmes se relevèrent. Les mains sur les reins, elles tentèrent d'atténuer les douleurs, puis elles s'ébranlèrent vers les bouquets d'arbres qui poussaient dans le vallon du Dindolet. Les paniers à provisions les attendaient à la fraîcheur. Elles y retrouvèrent les journalières du Caranquet et de la Blanquerie et ce fut comme un lâcher d'oiseaux. Elles piaillèrent, rirent, se mêlèrent pour former des cercles bruyants et joyeux. Certaines s'évitèrent. Les jours de mistral, il valait mieux ne pas réveiller les vieilles rancœurs. Il arrivait parfois que des rivales en viennent aux mains et se déchirent à coups d'ongles et de dents.

Marie guettait Vincent Espinet. Le contremaître était réglé comme un métronome. Cinq minutes après le coup de sifflet, il se dirigea vers son coin aménagé. Marc, le plus jeune des fils du cafetier Roger Darsène, lui apporta le vin frais. Le garçonnet peinait sous le poids du seau qui contenait deux litrons recouverts de glace. Le vin frais était un luxe dont Espinet ne pouvait se passer. Le camion de La Ciotat qui faisait sa tournée livrait chaque jour trois longs pains de glace industrielle au café, et vingt centimètres – quatre kilos – de cette précieuse denrée lui étaient automatiquement réservés. Avec les bars, il avait ses arrangements. L'hiver et au-delà de la saison de chasse, il les fournissait en grives, sangliers et lapins.

Le garçonnet atteignit l'abri dissimulé au milieu des câpriers. Marie se redressa et fit un signe de tête à Angèle. Aussitôt la vieille femme cria : « Mon Dieu, je me sens mal » et se renversa en portant les mains à son crâne. Ce fut la ruée. Marie se précipita la première sur sa complice. Angèle jouait la comédie à la perfection. Un médecin l'aurait crue victime d'une embolie. Avant le déchaînement des commentaires et des plaintes de toutes sortes qui commençaient à fuser de toutes les bouches, Marie demanda qu'on aille immédiatement chercher le contremaître. Deux gaillardes de la ferme de Pinval se portèrent volontaires.

— Ne l'approchez pas, laissez-lui de l'air, dit-elle aux autres, je vais chercher des feuilles de mélisse !

Elle s'éclipsa, sortit en courant du vallon du Dindolet et contourna la mer des câpriers. Quand elle arriva sur le chemin qui menait aux Croix, elle vit les deux gaillardes et le contremaître remonter vers les bouquets d'arbres.

Tout se déroulait à merveille. Elle mit moins d'une minute à rejoindre la toile de tente et à peine plus de deux pour verser les vingt gouttes du concentré de laitue et dix autres de l'extrait de nénuphar dans les deux bouteilles de vin et la gourde. Si l'Espinet buvait comme à l'accoutumée, dans deux heures il ne serait plus bon à rien. Elle avait calculé au mieux, forçant les doses, réglant tous les détails du plan. Elle avait même repéré les mélisses ; ces piments aux abeilles, comme on les appelait parfois, poussaient à gauche du vallon. Elle repartit en courant vers elles. Elle aurait pu les repérer à l'odeur, tant elles sentaient fort le citron. Presque sans ralentir, elle traversa les hautes touffes et arracha des feuilles et des petites fleurs blanches. Quand elle revint auprès d'Angèle, qui avait poussé son jeu jusqu'à baver, Vincent Espinet envisageait déjà de la porter jusqu'à la ferme et d'y faire venir le docteur Fabre.

— Elle a pris le soleil, elle est trop vieille pour s'exposer ainsi... C'est dit, y aura plus d'haridelles dans mes équipes, marmonna-t-il avant de répéter : c'est ce foutu soleil ! Allez, zou ! on l'embarque.

— Le soleil n'y est pour rien, dit Marie en s'accroupissant près de sa complice. Je vais vous la remettre sur pied, l'haridelle, et elle galopera aussi vite que les jeunes juments. Puisqu'on nous considère comme des bêtes, soignons-nous comme des bêtes, ajouta-t-elle en défiant le contremaître du regard. Tiens, Angèle, mâche ces feuilles, tu te sentiras beaucoup mieux.

Elle lui releva la tête et lui introduisit les feuilles dans la bouche. En temps normal, elle aurait douté de l'efficacité de cette ingestion car la mélisse se buvait en infusion ou sous forme d'une eau inventée par les Carmes. Pour l'heure, le miracle allait s'accomplir, et il ne tarda pas. Sous les regards émerveillés des journalières, Angèle retrouva peu à peu son aplomb. Elles éclatèrent de rire quand elle lança :

— Mais qu'est-ce qui me veut, ce drôle ? Il les lui faut âgées maintenant ? Tu sais, mon petit, que je pourrais être ta mère.

Espinet était rouge de confusion. Il se redressa d'un bond.

— Vieille toquée, on verra ce que te rapportera ta récolte ce soir !

— Vous ne devriez pas lui parler ainsi, dit Marie.

— Toi, tu me dois une explication ! éructa-t-il.

— Moi, une explication ?

— Viens par ici !

Il y avait trop de femmes et il se sentait en position de faiblesse. Ces salopes avaient ri de lui ! Cela lui rappela une mauvaise période de sa vie, sa petite enfance, au cœur d'une famille essentiellement composée de femelles : six sœurs plus âgées, ses deux tantes, sa grand-mère et sa mère. Il avait été le souffre-douleur de ce clan en jupons qui lui faisait payer l'absence d'un père, mécanicien à bord du *Melbourne*. Comme ce navire assurait la ligne Bombay-Colombo-Shanghai, les apparitions d'Espinet senior étaient plutôt rares à La Ciotat, si rares qu'un jour on apprit qu'il s'était installé avec une prostituée chinoise à Saigon. Il n'était plus revenu à la maison, abandonnant son fils aux sarcasmes et aux tourments. Depuis ce temps, il avait entretenu une haine terrible pour les femmes, si profondément ancrée en lui et si dévastatrice qu'il aurait voulu toutes les avoir pour les soumettre et les avilir.

Marie était le type même de fille qui concrétisait cette rancœur. Elle représentait l'essence de ce qu'il détestait et désirait le plus. Elle résumait ses obsessions, alimentait ses coups de sang. La posséder – et il parviendrait à ses fins ! –, c'était assouvir enfin et à jamais sa soif de revanche. Du moins le croyait-il.

Seigneur, qu'elle était belle ! Alors qu'il s'était éloigné rapidement à grands pas, il se retourna et la regarda venir. Elle avait le port fier et guerrier des cariatides sculptées sur les façades des immeubles bourgeois ; elle avait la grâce d'un chat... d'un chat sauvage dont il voyait briller les prunelles étirées et palpiter les narines.

Les sens en éveil, Marie se planta face au contremaître. Elle se sentit jaugée, dépecée. Le regard fureteur et pénétrant la passait au crible. Des yeux pareils, cela n'existait que dans les dessins des journaux reproduisant les traits des criminels. Elle ne voulait pas se laisser dominer, pas encore. Respecter le plan, surtout le respecter !

— Alors ? Qu'avez-vous à me reprocher ?

— Ce n'est pas à proprement parler un reproche, répondit-il d'une voix qui n'avait plus rien à voir avec celle qui lui servait habituellement de clairon ou de canon.

— Que me voulez-vous ?

— Comment se fait-il que depuis que tu nous as

rejoints, la cueillette d'Angèle est passée de dix à treize kilos ?

— Tant que ça ?

— Ne me prends pas pour un couillon. C'est toi qui lui donnes des câpres. J'en ai la preuve, tu n'as pas que des amies parmi les journalières et on est venu me rapporter la chose.

Marie ne chercha pas à deviner qui était l'espionne parmi l'équipe. Deux ou trois femmes folâtraient avec Espinet sous la tente de fortune ou chez lui, dans sa maison construite en retrait du village. Elle se contenta de persifler :

— Je suis pour les bonnes actions !

— Tu n'as pas les moyens de mimer les bourgeoises qui font œuvre de charité. Tu n'as même pas les moyens de te payer autre chose que des grosses chaussures militaires d'occasion, dit-il en abaissant ses yeux vers les gros godillots qu'elle portait été comme hiver.

— Vous m'avez attirée à l'écart pour m'insulter ?

— Non, non, pardonne-moi, se récria-t-il en se mordant la langue.

Il ne voulait pas la laisser s'échapper maintenant. Il sentait la faille. Elle manifestait un intérêt pour lui. C'était une sensation palpable, quelque chose qu'elle allumait dans son regard de velours. Comme un fanal qu'on agite pour guider les marins à bon port. Et en ces instants, il avait l'âme d'un marin en manque de chaleur. Sa mâle certitude l'aveuglait. Il ne voyait pas en Marie la naufrageuse et il se précipita dans le piège qu'elle lui tendait.

— Tu mérites mieux ! Ah, Marie, si tu voulais !

— Si je voulais quoi ?

— M'accorder un peu confiance, je ferais de toi une reine.

— Une reine ?

Elle joua les étonnées, minauda, baissa les cils. Vincent jubilait. Il lui porta l'estocade :

— Qu'est-ce que tu dirais d'une robe d'indienne imprimée qui laisserait apparaître ta cheville, d'escarpins vernis et d'une parure de perles ? Je pourrais te les faire livrer de Marseille.

Cette histoire de robe et de perles marchait à tous les coups avec les paysannes. Espinet estimait qu'au pire il aurait pu dépenser cinquante francs, mais le pire n'arrivait jamais. Il s'en tirait toujours en offrant simplement des babioles à quatre sous, tels que les colliers de fausses perles fabriqués en Italie. Lorsqu'elles cédaient à ses avances ou à ses harcèlements, elles n'osaient plus lui demander le cadeau promis.

— Je dirais que ce serait un beau rêve, répondit-elle en soupirant. Et que le prix en est sûrement élevé.

— Comme tu y vas, qui te parle de prix alors qu'il n'est question que de rendre hommage à ta beauté ? Il y a longtemps que je t'ai en tête et dans le cœur, et je ne suis pas le seul au village.

— Vous me gênez, dit-elle en jetant un coup d'œil sur ses compagnes qui déjeunaient dans le vallon. On va jaser. Je préférerais qu'on soit moins à la vue de toutes les journalières.

— Il ne tient qu'à toi de me rejoindre tout à l'heure.

— Je vais y réfléchir, répondit-elle en se détournant pour rejoindre ses compagnes.

Espinet en aurait poussé un rugissement de triomphe. Elle était à lui. Ce n'était plus qu'une question d'heures. Il s'en alla à son tour en sifflant une chansonnette sentimentale.

Deux heures et deux bouteilles de vin plus tard, le contremaître commença à s'impatienter. Ses jambes s'ankylosaient. Son cœur battait à la mesure d'une marche militaire. Sa tête débordait d'images lubriques, d'un trop-plein de vice qui coulait en une lourdeur de plomb fondu dans ses entrailles.

« Qu'est-ce qu'elle attend, cette garce ? » se dit-il en dépliant ses jambes sur la couverture. Il grimaça. Elles étaient parcourues d'une démangeaison électrique. « Putain, j'ai les fourmis. » Il se mit à quatre pattes, sortit de son abri, se redressa pour chanceler face à une attaque du vent et lança une obscénité tout en fouettant l'air de sa baguette. Ce geste enfantin et ridicule n'arrêta pas le mistral qui soufflait plus fort de minute en minute, courait sur la plaine, desséchait hommes et bêtes et s'en allait violer les collines du côté de Toulon.

Vincent chercha à repérer Marie parmi les femmes, mais l'équipe était trop loin et il avait des difficultés à se concentrer sur ce qu'il voyait autour de lui. Il tira sa montre. Les aiguilles dorées couraient si vite sur le cadran qu'il ne put lire l'heure. Les traits des minutes et les chiffres dansaient la farandole. Il en eut la bouche bée. Cette montre en argent lui avait coûté trois cents francs. Elle était garantie. Bordel de merde ! garantie par les horlogers suisses. Ce n'était pas rien, la mécanique suisse ! Il l'examina de près et ne put déchiffrer l'heure. Le phénomène sembla s'accélérer. Rien ne paraissait normal. Le mistral le fit encore chanceler. Il se sentit les jambes faibles et crut bon de les requinquer en s'envoyant une lampée de liqueur dans le gosier.

Ce fut à l'instant où le liquide lui brûlait les papilles que la silhouette dansante de Marie se détacha au-dessus des câpriers. Il retrouva son sourire. La pouliche n'avait pas résisté, elle venait s'offrir pour une robe et un collier. Il oublia la montre et se précipita sous la toile pour ranger la couverture et le coussin.

Les doutes de Marie étaient devenus des incertitudes. Elle ne croyait plus aux vertus de ses chères plantes. En quittant Angèle, elle eut la conviction qu'elle se rendait à l'abattoir. Le *mistraou* qu'elle aimait tant ne la réconfortait pas. Il était parfois porteur de messages terribles, et en ce moment il lui criait de rebrousser chemin. Elle faillit l'écouter quand elle vit apparaître Espinet et se figea un court instant, le temps de percevoir que quelque chose n'allait pas dans l'attitude du bonhomme, qui vissa la gourde à ses lèvres. Elle se concentra. Son sixième sens lui confirma le trouble du contremaître. Quand il retourna sous sa tente, elle reprit sa marche. Elle verrait bien une fois là-bas. Au pire, elle avait son couteau et était bien décidée à s'en servir.

## 6

Il avait beau faire : depuis qu'il s'était allongé sur la couverture, Espinet ne parvenait plus à se concentrer sur l'objet de son désir. Il était tout bizarre, ramolli du cerveau et du reste. En le voyant, le curé Mouriez aurait dit : « Mon cher Vincent, tu es en état de sainte béatitude. » Mais ce n'était pas le prêtre qu'il avait en face de lui, c'était Marie. A la seule évocation de cette sauvageonne, il aurait dû bander comme un taureau. A présent, il ne sentait même plus sa limace dans le caleçon. Assise à un mètre de l'endroit où il était avachi, la plus belle fille du pays en chair et en os était à portée de ses doigts gourds, de ses membres lourds, de sa bouche pâteuse, et il lui racontait des banalités pour gagner du temps, espérant le retour de ses forces. Il lui parla de la récolte, des prix de la câpre qui s'effondraient, des avantages de la vigne, de sa passion pour la chasse. Au bout de dix minutes, Marie étouffa un bâillement et fit, d'une voix où perçait la déception :

— C'est tout ce que vous aviez à me dire ?

— Et qu'est-ce que tu veux que je te dise ? répondit-il en jugulant la panique montante.

— Des choses gentilles.

— Gentilles ?

— Comme dans les histoires d'amour, si vous préférez.

Marie ne se serait jamais crue capable d'aller aussi loin. Elle devait pourtant continuer. Tout le bénéfice qu'elle pouvait tirer de cette dangereuse farce dépendait du dernier acte. Certes, elle était en position de force, ses potions de laitue et de nénuphar avaient fait merveille : Espinet était devenu une loque. Mais elle se méfiait de la bête engourdie. Elle ne connaissait pas grand-chose sur l'acte amoureux. Son expérience se limitait à l'observation de l'accouplement des animaux et à ses discussions avec Lucie. Elle savait cependant soigner les maladies vénériennes, les déficiences et les faiblesses de l'appareil génital, mais elle n'avait jamais vu d'homme nu, sauf dans les reproductions de peinture classique où l'on découvrait des hercules avec des sexes d'enfant. Comment allait-elle procéder pour mettre à l'air celui du contremaître ?

Espinet transpirait à grosses gouttes. Il se fit violence. Il lui arrivait souvent de lancer des attaques brusques en envoyant la main sous la jupe ou sur les seins de ses proies. Il empoignait les paquets de peau et les malaxait, procédait à des investigations violentes avant de mettre à nu les chairs, se délectait des cris et des gémissements. Il avait toutes ces images et ces sensations dans la tête, mais elles ne descendaient pas jusqu'à son ventre.

« Putain de moi ! se dit-il. Qu'est-ce qui m'arrive ? » Il prit soudain conscience que, s'il ne réagissait pas, il allait perdre son honneur.

— Tu as déjà embrassé quelqu'un ? demanda-t-il.

Autant commencer par un baiser. Cela pouvait le stimuler. Marie prononça un non très faible. Un profond dégoût s'empara d'elle. Elle pouvait encore fuir. Elle ne bougea pas et ferma les yeux. Le visage d'Espinet se rapprocha d'elle ; les lèvres ombrées de poils frôlèrent sa joue, glissèrent vers son menton. Elle les sentit contre les siennes. Espinet tenta de les forcer avec sa langue et, comme elle refusait de les ouvrir, il lui prit la main et la plaqua sur la braguette de son pantalon. En un grand frisson, la peur s'insinua en elle. Le moment était venu. Elle ne savait que faire de ses doigts et il y avait toujours ces lèvres humides qui couraient autour de sa bouche, soufflant une haleine relevée au vin rouge.

— Prends-la dans ta main ! grogna-t-il en défaisant les boutons de sa braguette.

Rien. Il ne sentait toujours rien. La main hésitante de la Gasparine trouva l'ouverture du caleçon et toucha la chose flasque. Rien. Bordel de merde ! Il n'éprouvait même pas un léger frisson. Son sang ne se ruait pas dans la tige morte. Il lui en fallait plus. Beaucoup plus !

— Montre-moi tes seins !

— Non.

— Je t'en prie, supplia-t-il.

En d'autres occasions, il aurait arraché le chemisier

grossier de cette garce. Il aimait déchirer les vêtements. Aujourd'hui, il n'en avait pas la force.

— Ce n'est pas bien... Ce n'est pas bien, répéta-t-elle.

L'incroyable, c'était qu'elle avait prévu toute cette scène. Du moins, Angèle l'avait prévue. Quand Marie lui avait dévoilé ce qu'elle comptait faire, la vieille Cugéenne lui avait raconté point par point ce qui allait se passer : il te fera ci, il te demandera ça... « Puis quand il verra que le serpent qui pend entre ses cuisses ne redressera pas sa tête, il fuira comme le rat qu'il est. Et c'est là que j'interviendrai ! »

« A condition que tes breuvages agissent », avait-elle ajouté en se signant.

Les breuvages continuaient à saper la virilité et le moral d'Espinet. Le contremaître la regardait avec une sorte d'avidité mêlée d'inquiétude. Il prit l'initiative d'abaisser son pantalon et son caleçon. Du temps s'écoula. Marie déboutonna son chemisier de coton. Quand elle se retrouva bras nus, la poitrine à peine couverte par un léger tricot fermé par des agrafes, elle se releva et sortit de l'abri.

— Qu'est-ce que tu fais ?

— Je voudrais pas que quelqu'un nous surprenne.

— Personne n'oserait. Crois-moi, petite. Personne !

Marie jeta un œil en direction des journalières. Angèle et trois autres femmes s'étaient détachées du groupe. Elles lui firent signe et s'avancèrent.

— Alors, tu es rassurée ? dit-il lorsqu'elle revint s'asseoir sur la couverture.

— Un peu...

Lui ne l'était pas du tout. Il croyait encore que la vue des seins serait salvatrice, aussi s'attaqua-t-il aux agrafes. Marie demeura passive. Les pans de son léger vêtement de corps furent écartés. Le regard d'Espinet se promena sur sa chair dénudée. Désespérément. Puis il la toucha comme on palpe des pommes sur le marché pour s'assurer de leur fermeté. Il agissait mécaniquement. Tout en tâtant les tétons qui auraient inspiré les sculpteurs de l'Antiquité, il essaya de raviver son membre par quelques va-et-vient de la main gauche. Et son désespoir s'accentua.

— Je suis pas bien aujourd'hui, finit-il par lâcher.

— Pas bien ?

Marie prit un air contrit. Et, ramenant les pans de son vêtement contre sa poitrine, elle ajouta :

— Vous êtes comme ça avec toutes les femmes ?

— Jamais ! Nom de Dieu, qu'est-ce que tu vas imaginer ?

Des rires éclatèrent et il se mit à pâlir lorsqu'il vit les jupes masquer l'ouverture. La honte le paralysa. Les têtes rieuses d'Angèle et des femmes apparurent soudain et quatre paires d'yeux se braquèrent sur son bas-ventre.

— Eh ben, y a pas grand-chose à voir dans cette boîte à outils, constata la vieille Cugéenne.

— On dirait que *seis affaires van de requeurount* [1], renchérit une grande jeune femme qui n'avait jamais cédé à ses avances.

---

1. Ses affaires vont à reculons.

Leurs rires redoublèrent. Espinet suffoquait. Il ne comprenait pas ce qui lui arrivait. C'était un cauchemar, il allait se réveiller.

— Il t'a fait quelque chose ? demanda Angèle à Marie.

— Non, il est bon à rien, répondit-elle en lançant le plus méprisant des regards sur l'homme qui remontait maladroitement son caleçon.

— Salopes, vous me paierez ça, grogna-t-il.

Il fit un geste en direction de la baguette. Marie le repoussa et il tomba à la renverse. Ses forces l'abandonnèrent définitivement. Restait au fond de lui la rage.

— Toi, je ne veux plus te voir aux Croix, dit-il à l'intention de Marie.

— Mais vous ne m'y verrez plus. J'ai pas pour habitude de travailler et d'obéir à des moitiés d'homme.

Sur ces mots, elle se détourna et s'éloigna en compagnie de ses complices. A aucun moment, Vincent Espinet ne soupçonna qu'il avait été victime de drogues. Il rendit le mistral responsable de son état. Ce maudit vent lui tourneboulait toujours les sens. Il pensa à sa renommée, à tout ce que ces langues de vipère allaient répandre sur son compte. « Moitié d'homme » risquait de lui coller à la peau. Il jura de cogner le premier qui se moquerait de lui. En attendant, il n'osait plus affronter les femmes et il préféra déléguer la tâche de la pesée des câpres à Salomon, le préposé de l'entrepôt. Ayant donné mandat, il se rendit d'un pas hésitant au village. Boire était le mieux qu'il restait à faire. Demain il irait au bordel d'Aubagne pour tester ses aptitudes.

« Si ça marche, je prendrai des témoins », se dit-il la mort dans l'âme.

Les journalières n'en revenaient pas encore. Le coq du village avait perdu ses moyens. Ridiculisé, l'Espinet. Il allait avoir du mal à s'en remettre. Elles se demandèrent cependant comment il n'avait pas pu parvenir à ses fins avec une fille aussi belle que Marie Gaspari. Angèle était la seule à connaître le secret de la jeune fille.

— Dommage que tu ne l'as pas rendu impuissant pour la vie, lui glissa-t-elle tout bas alors qu'elles se rendaient à l'entrepôt de la ferme.

— Il le sera longtemps dans sa tête. Crois-moi. Et il ne s'attaquera plus aux jeunettes du village.

— Que Dieu t'entende !

Une volée de petites filles les entourèrent. Elles portaient des assiettes et des bouteilles d'eau. Comme à chaque fois, elles s'extasièrent à la vue des paniers pleins de boutons et rêvèrent au jour où, devenues grandes, elles gagneraient des francs à la cueillette.

— Allez, zou ! les sauterelles, on vous a assez vues, cria une femme. Si vous voulez vos sous, tuez-en beaucoup !

Les fillettes se mirent à courir vers les câpriers. Il en vint des quatre coins de la commune, qui se répandirent sur toute la plaine en criant. Ces pillardes nattées apparaissaient dès que les cueilleuses quittaient les massifs. Pour un sou, elles noyaient les cacarinettes jaunes dans les assiettes remplies d'eau. Ces insectes, des coccinelles que les savants appelaient *Epilachninae chrysmelina*, dévoraient les câpres dès que le soleil déclinait. Ils étaient aussi friands des melons et des pastèques de la vallée de l'Huveaune et des jardins d'Aubagne et il y avait là-bas d'autres fillettes pour les chasser.

En voyant gambader ces cabrettes sans souci, Angèle éprouva de la nostalgie. Elle regrettait ces années où elle pouvait sauter à la corde, grimper aux arbres et faire tomber les cacarinettes dans son assiette. Elle était libre en ce temps-là. En vieillissant, elle s'était peu à peu enchaînée à cette vie de misère qui lui avait donné deux fils partis aux colonies et un époux rongé par l'absinthe et le tabac.

A présent, les deux paniers pesaient lourd au bout de ses bras secs. Autrefois, elle portait seize kilos de boutons en chantant et elle aurait pu se rendre jusqu'à Gémenos chargée comme une mule. Elle soupira. L'entrepôt profilait son toit à une pente. Il avait été construit le long de la route nationale. Trois propriétaires se le partageaient, détenant une sorte de monopole sur la câpre, au détriment des exploitations isolées.

Plus de cinquante journalières se massèrent devant la porte. Celles des Croix racontèrent l'aventure de Marie. On ne parla plus que de la faiblesse d'Espinet. L'incroyable venait enfin de se produire : le bon Dieu l'avait puni. A moins que ce ne soient les putes qu'il fréquentait à Aubagne. Il avait sûrement contracté une maladie vénérienne. Les commentaires allèrent bon train et elles firent de la surenchère jusque sous le nez des préposés à la pesée.

Salomon Blanc, qui remplaçait Espinet, leur faisait les gros yeux. Ses globes bistre roulaient méchamment, animant une face large et placide de bœuf. Cette histoire l'agaçait. Cinq ou six femmes lui avaient déjà demandé s'il avait eu des « pannes ». Après chaque passage à la grande balance automatique à ressort sur laquelle on vidait les paniers, il griffonnait nerveusement à coups de crayon sur son cahier les quantités de câpres et leur équivalent en francs et centimes. A soixante-cinq ans, il ne s'intéressait plus guère aux choses de la chair. Bien qu'ayant fait six enfants à sa Mireille, il n'avait jamais été un coureur. On ne lui connaissait qu'une passion, l'accordéon. Il ne pouvait cependant pas laisser ridiculiser son collègue. Quand vint le tour de Marie, il l'apostropha :

— C'est toi qui es responsable de cette pagaille ! dit-il en pointant son crayon comme une arme.

— Moi !

— Oui, toi, avec tes airs d'allumeuse. Tu ne peux pas renier ta race.

— Ma race ?

— On sait ce que c'est, les Italiennes. C'est pas pour rien qu'on les retrouve sur les trottoirs de Marseille et de Nice.

Marie envoya sa main vers le visage du préposé. Angèle l'arrêta au vol. La tension était montée de plusieurs crans. Les journalières rassemblées autour du pupitre se firent menaçantes. Salomon n'avait pas à prendre la défense d'Espinet. Jurons à l'appui, elles le manifestèrent bruyamment. Les autres préposés vinrent soutenir leur collègue et ils furent quatre à tenir tête à cinquante Cugéennes qui en avaient assez de se plier à la volonté de tous les cheffaillons de la Sainte-Baume. La tempête se serait apaisée si Salomon n'avait pas encore ouvert sa grande gueule :

— La Gasparine... Ça ne vient de nulle part, ça n'a même pas de parents légitimes et ça se veut reine des garrigues. Reine de mon cul, oui !

— *La bouco li coulavo de marridarie* [1] ! Il faut la lui fermer ! cria une femme outrée.

— Oui, fermons-la-lui ! Au vinaigre, le Salomon ! ajouta une autre en posant ses paniers à terre.

En un même mouvement, elles déposèrent leurs fardeaux. Les hommes demeurèrent paralysés. Ils hésitaient entre s'enfuir et protéger les fleuriers, tapis sur lesquels les câpres fraîchement cueillies reposaient vingt-quatre heures avant d'être mises en tonneaux. Ils n'eurent que quatre secondes pour dévorer des yeux les visages menaçants et les bouches qui s'ouvraient, exhalant des mots chargés de fureur. Dans l'esprit des journalières, ils étaient devenus des Espinet. Elles ne piétinèrent pas les fleuriers. Les préposés furent encerclés et immobilisés. Des dizaines de mains les saisirent au cou, aux bras et aux jambes. Il était impossible d'échapper à ces pinces durcies par les travaux de la terre.

1. La bouche lui dégoutte de méchanceté !

— Laissez-moi ! criailla Salomon.

Des préposés, il fut le seul à être soulevé comme un paquet de linge sale et porté vers les « bernados ». Les bernados étaient des tonneaux remplis de vinaigre. On y immergeait les câpres après les avoir recouvertes d'un couvercle en tresses de spart surmonté d'un poids. Dix tonneaux attendaient la récolte du jour. L'un d'eux reçut la charge de viande et d'os qu'était Salomon. Tête la première, il plongea dans le vinaigre. En touchant le fond, il se débattit, se tordant comme un ver, mais des gaillardes emprisonnaient ses jambes et, sans l'intervention de Marie, il aurait péri noyé.

— Lâchez-le !

Elles obéirent presque à regret, mesurant soudain qu'elles avaient failli commettre un crime, et s'écartèrent devant la Gasparine. Salomon se libéra, cracha, toussa, pleura. Imbibé de vinaigre et humilié, il tomba à terre. Marie contempla sans triomphe cette poupée de chiffon qui se mit à ramper entre les tonneaux. Pendant tout le temps qu'avait duré la rébellion des femmes, elle était restée figée au milieu des adolescentes et des vieilles Cugéennes qui, par leurs cris, avaient encouragé les assaillantes. Salomon avait dit une chose terrible : « Ça n'a même pas de parents légitimes » et ce n'étaient pas des paroles en l'air. Dans la bouche fielleuse, elles avaient retenti avec sincérité.

Elles retentissaient encore cruellement dans son cœur. Marie s'enfonça les ongles dans les paumes et laissa filer Salomon dans l'annexe aux bocaux. Elle ne tirerait plus rien de cette larve. Fendant les rangs des journalières, elle rejoignit Angèle qui avait déjà reçu son dû. Etrangement, les files se reformèrent. Les autres préposés reprirent place derrière leurs balances flanquées de pupitre. Chacun avala sa bile. La production était prioritaire. Dans moins de trois semaines, les courtiers de Marseille viendraient faire leurs offres d'achat, et de ces ventes futures dépendaient leur avenir et la richesse des propriétaires qui les employaient.

Marie et Angèle retrouvèrent l'air libre. Le mistral chassa les senteurs de vinaigre qui collaient à leurs habits. La Gasparine offrit son visage au vent et se gorgea de rafales. Elle aurait voulu se vider la tête et effacer les mauvaises pensées que Salomon venait d'y planter.

— Ça va, petite ? demanda Angèle qui sentait le désarroi de sa jeune amie.

— Non, pas très... Je me demande pourquoi il a dit que mes parents...

— Oh ! s'écria Angèle. Des bêtises ! Tu sais, moi, j'en entends tous les jours. Pas plus tard qu'hier, on m'a raconté que le curé avait au moins six enfants sur la commune. Tu te rends compte, dire ça du père Mouriez.

Angèle s'emballait. Elle n'avait jamais parlé aussi vite. Marie se mit à douter. La vieille Cugéenne cherchait à brouiller la piste que Salomon avait ouverte, et elle s'y prenait mal. Des racontars sur Mouriez, il s'en disait des dizaines, mais une chose était sûre : le curé était père au sens propre et au sens figuré.

A aucun moment, Marie ne put l'interroger sur ce

qui la tourmentait. Angèle parla pendant le quart d'heure qui la séparait de sa maison perchée sur les rochers de Cros-Reynier. Et ce tourment augmentait. Quand elles parvinrent sur le perron, Angèle se hâta de l'embrasser.

— Tu ferais mieux de rentrer avant la tombée de la nuit. Le mistral est en train de forcir.

Marie acquiesça, mais dès qu'elle fut à l'embranchement des chemins du château des Espèces, de Riboux et du village, elle prit ce dernier. Elle avait des questions à poser.

# 7

La maison de village du docteur Fabre s'élevait dans la rue Victor-Hugo. Haute de trois étages, étriquée, percée de trois fenêtres, elle égayait l'étroite artère flanquée de traverses et d'impasses. Des pots de géraniums accrochés sous les ouvertures galonnaient de rouge la façade blanche fraîchement repeinte. Sa vue suffisait à guérir les petits bobos, et les malades s'y rendaient sans crainte. Le cabinet était au rez-de-chaussée. De la lumière filtrait à travers les fentes de la persienne. Peut-être y avait-il encore des patients ?

Marie pénétra dans le minuscule couloir et alla discrètement jeter un coup d'œil dans la minuscule salle d'attente dont le tiers de la surface était occupée par un magnifique phormium aux hampes frangées de fleurs jaunes. La plante, qui frôlait le plafond, était la seule occupante des lieux. Se rapprochant de la porte du cabinet, elle resta plusieurs minutes immobile, guettant les bruits. Elle avait eu le temps de peser le pour et le contre. Le mobile de sa visite ne se limitait plus aux paroles de Salomon. Des méandres de sa mémoire, un épisode cruel remontant à sa petite enfance avait resurgi. Elle l'avait inconsciemment enfoui, mais à présent elle pouvait en dérouler le fil.

Elle avait quatre ans et elle était déjà libre comme l'air. Dès que sa mère partait s'occuper des chèvres, elle échappait à la surveillance de Mémé et explorait la garrigue. Son terrain de jeux s'étendait sur des milliers d'hectares ; elle avait déjà la passion des plantes, elle composait des bouquets de fleurs sauvages, parlait aux oiseaux, capturait des cigales, surprenait les gros lézards gourmands de soleil, trottait sur des chemins inconnus sans se perdre. Un soir, elle avait entendu Mémé et ses parents parler du château brûlé des Roumisse. Une sombre histoire d'amour et de vengeance. Il y avait eu des morts, mais les gendarmes n'avaient pu retrouver les corps. Volatilisés. Il y avait de la magie là-dessous. C'était ce qu'affirmait Mémé. Et sûrement des fantômes et des trésors, s'était dit Marie.

Dès le lendemain, elle partit à la recherche du château perdu vers le col des glacières. Se fiant à son instinct, elle coupa à travers bois pour rejoindre le grand chemin de la plaine du Roumanil. Alors qu'elle s'émerveillait à la vue des papillons voletant de capillaires en bruyères et des libellules cherchant les eaux vives du Latay, elle entendit craquer des branches.

Quelque chose rôdait dans la pénombre du bois et cette chose se mit à charger. Marie prit peur. Elle pensa à un sanglier, à un loup, bien que le dernier ait été tué seize ans avant sa naissance, à un animal de légende avec cornes, écailles et langue fourchue. Les buissons remuèrent, puis s'écartèrent devant un chien gigantesque, noir au poil ras et aux yeux rouges.

Comme elle n'était pas loin de la colline des Enfers, elle crut que la bête venait des entrailles de la terre. Fermant très fort les paupières, elle appela tout bas Marie Madeleine, qui veillait sur les promeneurs et les pèlerins de la Sainte-Baume et commandait aux anges. Mais ce ne fut pas la voix d'un combattant du ciel qu'elle entendit.

— Bayard ! Au pied ! *Fai leou, que* [1] !

Les anges ne parlaient ni français ni provençal ; le plus stupide des chrétiens savait qu'ils parlaient latin. Seul le diable connaissait toutes les langues. Marie se sentit perdue. Elle allait être rôtie comme un poulet au fond d'un gouffre. Voilà ce qui arrivait aux enfants qui n'obéissaient pas à leurs parents. Elle maintenait les paupières serrées et entendait claquer ses propres dents.

— Qu'est-ce que tu fais par ici, petite ?

La voix du diable s'était adoucie. Il ne fallait surtout pas qu'elle ouvre les yeux pour ne pas succomber au charme d'un regard de serpent.

— Tu t'es perdue ? Je ne t'ai jamais vue par ici. Tu es de Signes ? de Cuges ? de Mazaugues ? Tu t'es fait mal aux yeux ?

A chaque question, elle faisait non de la tête.

1. Hâte-toi ! Entends-tu !

Soudain, elle sentit quelque chose de râpeux et de mouillé sur son visage.

— Tu as de la chance, d'habitude, il mord les *estrangers*.

Elle comprit que le chien la léchait et cette étonnante caresse lui fit ouvrir les yeux. Elle vit alors l'homme le plus grand et le plus gros de sa courte vie.

— En voilà, de belles mirettes noires ! s'exclama le colosse.

C'était une véritable barrique montée sur colonnes. Au sommet de cette carcasse de bœuf trônait une tête lunaire à moitié masquée par une épaisse barbe poivre et sel. Ce géant au torse barré d'une cartouchière tenait un fusil à double canon ciselé. Il n'était pas le diable mais il en avait les stigmates : deux longues cicatrices formaient un V blême sur son crâne rasé. De plus son regard était une réplique de celui du chien. Il y brûlait un feu ardent. Elle le détesta aussitôt, et aussitôt Bayard se mit à grogner.

— Tais-toi ! tonna le maître en l'empoignant par le collier. Alors, comment t'appelles-tu ?

— Marie.

Elle avait répondu haut et clair, se souvenant des conseils de Mémé. Face aux bêtes dangereuses, on ne doit jamais montrer sa peur.

— Et où habites-tu ?

— Par là-bas, dit-elle en étendant son bras vers l'ouest.

— Là-bas, il y a Marseille, mais tu n'es pas une petite de la ville.

Il la regarda avec un certain dédain. Elle était vêtue en paysanne, d'une robe large dont on pouvait rallonger l'ourlet, taillée dans un solide calicot vert foncé. Les chaussures d'occasion à lacets étaient faites pour la boue, la neige et les pierres coupantes. Enfin, une biasse de toile pendait sur son épaule gauche. « Une enfant de berger ou de charbonnier », pensa-t-il. Ce qui réduisait considérablement le périmètre sur lequel elle pouvait vivre : la Sainte-Baume côté sud-ouest.

— Tu viens de Gémenos ou de Cuges ?

Cuges, elle connaissait. Elle s'y rendait parfois avec Mémé et sa mère pour vendre des herbes et des fromages sur le marché. Mais à quatre ans, un seul point de repère précis portait un nom, qu'elle lâcha avec regret :

— Riboux.

— Evidemment, j'aurais dû me douter que tu vivais dans ce trou perdu.

— Je vis à la Sauvagère.

A ce nom, l'attitude du géant changea. Ses mains, sa mâchoire, tout son être se crispa et il recula d'un pas.

— Tu t'appelles Gaspari ?

Craintive, elle hocha tout doucement la tête. Ce oui hésitant fut le détonateur de la colère de l'homme.

— C'est donc toi qui m'as valu tous ces ennuis ! Sale bâtarde ! Va-t'en de mes terres ! Allez, décampe !

La peur au ventre, Marie s'était mise à courir, déchirant la peau de son visage sur les buissons qui la dépassaient en taille. Derrière elle, la voix du colosse hurlait toujours.

— Foi de Pascal Roux ! Si tu reviens par ici, j'hésiterai pas à me servir du fusil. T'aurais dû crever dans le gouffre qui t'a vue naître !

L'écho de cette terrible voix résonnait encore en elle lorsqu'elle frappa à la porte du docteur.

— Entrez !

Porte-plume à la main, Alexandre Fabre était penché sur les ordonnances étalées de part et d'autre d'un gros livre de médecine et d'une boîte remplie de médicaments. Il travaillait sous l'œil bienveillant d'Hippocrate dont le buste en plâtre ornait le dessus de cheminée.

Dès qu'il la vit, il sut qu'elle était mal. Abandonnant ses paperasses, il se leva, rajusta ses lunettes sur le nez et vint lui prendre les mains. Elle avait le cœur qui battait vite, le regard anxieux.

— Toi, tu me couves quelque chose, dit-il, perplexe.

Depuis qu'il la connaissait, il ne l'avait jamais vue malade. Elle avait échappé aux fièvres de Malte en 16, à la grippe espagnole de 17 et à l'épidémie de rage qui frappait la France depuis deux ans. Ses plantes et ses racines l'immunisaient contre presque tous les virus et microbes de la création.

— Rassurez-vous, je ne suis pas malade, répondit-elle.

— Et ce cœur qui bat trop vite ? dit-il en lui prenant franchement le poignet.

— C'est le cœur affolé d'une malheureuse qui ne sait plus qui elle est.

— Toi, malheureuse ! Mais c'est la fin du monde.

Et il le pensait réellement. Il ne connaissait pas quelqu'un qui était mieux dans sa peau qu'elle. Elle était la Gasparine, la fille des collines, la compagne du vent, l'amie de la nature. Le rire clair, la certitude dans le regard, la générosité et la santé en prime, elle parcourait des centaines de lieues par an, apportant le bonheur de ferme en ferme. Sa joie de vivre était devenue légendaire et si elle n'avait pas de véritables ennemis déclarés, elle provoquait des jalousies. Comme elle ignorait et évitait les jaloux, il se demanda pourquoi le malheur ternissait ses beaux yeux. Il crut soudain découvrir l'origine de cette visite :

— Tu es amoureuse ?

— Oh, non !

L'amour, elle ne l'avait jamais envisagé. Elle avait eu des semblants d'émotions, de légères palpitations lors des bals au village, mais aucun des cavaliers qui s'étaient risqués à l'inviter le temps d'une polka n'avait trouvé grâce à ses yeux. Son exigence, ses goûts obéissaient à des critères d'un autre âge. Son chevalier, elle le voulait errant, juste, généreux et mystérieux. Et ce type d'homme n'existait pas à Cuges. Il y avait bien cet Adrien Roubaud dont s'était entichée Lucie, mais il appartenait à la nouvelle race des carriéristes. Restait sa mère. Le plus grand handicap à une relation amoureuse. A la mort de son père, elle avait juré de ne jamais la quitter. Elle ne voulait pas rompre ce serment prêté le jour de l'enterrement.

— Bon, je veux bien t'écouter à condition que ce soit devant un plat de soupe.

Il n'attendit pas sa réponse. Il enleva ses lunettes et la poussa hors du cabinet, lui montrant l'escalier. Ce n'était pas la première fois qu'elle soupait chez lui. Généralement, il l'invitait lorsqu'elle lui apportait un lièvre ou des grives. Le plus souvent, ils prenaient le café tandis qu'il corrigeait les devoirs qu'elle avait faits pendant la semaine. Ces intrusions ne plaisaient guère à Fernande, la vieille servante qu'il employait depuis son arrivée au village. Elle-même venait de Toulon et on ne savait pas grand-chose sur son compte, si ce n'était qu'elle avait travaillé dans un restaurant du port.

Ils grimpèrent à l'étage, partagé entre la cuisine et la salle à manger. Fernande les accueillit les poings sur les hanches, marmonnant d'incompréhensibles mots. Elle darda ses yeux ronds de chouette sur la jeune fille et son visage ridé de volatile s'avança telle la figure de proue d'un drakkar. Marie n'éprouvait pas une affection particulière pour cette ronchonneuse. Elle avait autrefois médit sur Mémé. Cela suffisait à la rendre antipathique. Aussi la salua-t-elle du bout des lèvres.

— Ah, te voilà, toi, persifla-t-elle... Hum, je suppose qu'il faut une assiette de plus...

— Tu supposes bien, Fernande, dit Alexandre.

— Ce sont toujours les bourriques qui triment

pour les jeunettes, grommela-t-elle assez fort pour être entendue.

— Fernande !

— Oui, monsieur.

— Je t'ai déjà dit de garder tes commentaires pour toi. Pour la peine, tu sortiras le moustiers.

Fernande en resta bouche bée. Le moustiers était le service des grandes occasions. On le sortait quand monsieur le maire et son épouse ou les personnalités du cru venaient dîner. Cette marque d'attention envers une « moins que rien » était d'autant plus troublante que le docteur n'avait jamais jugé nécessaire d'étaler la précieuse porcelaine quand sa famille lui rendait visite. Tout en ouvrant le vaisselier, elle se dit qu'un pas venait d'être franchi entre l'aventurière des collines et son cher monsieur Fabre. Lequel ? Quand ? Où ? Elle l'ignorait. Ce soir, elle allait garder l'œil sur le couple. Un pincement à l'estomac la fit se contracter. L'infime douleur était le premier signe de sa jalousie chronique.

« Pourquoi n'ai-je plus vingt ans ? » se dit-elle pour la millième fois depuis qu'elle était tombée amoureuse de son docteur.

Fernande en fut pour son compte. A aucun moment pendant le repas, elle ne remarqua ou n'entendit quelque chose qui confirma ses soupçons. Alexandre et la Gasparine échangeaient les propos habituels. Ils parlaient plantes. Elle avait l'ouïe fine. Même au fond de la cuisine, son assiette de soupe sur les genoux, elle entendait tout ce qui se disait dans la pièce voisine. Et elle ne partageait pas leur passion pour la nature. La garce de la Sauvagère en connaissait un rayon sur les saletés pleines d'insectes qui poussaient sur la Sainte-Baume. Toute la soirée, elle avait vanté les vertus des pissenlits. Evidemment le docteur gobait ces bêtises. Comme si la salade de taupe pouvait guérir les rhumatismes, les maladies du foie et de la rate et les fièvres typhoïdes. Le seul point intéressant de cette conversation concerna le lait de pissenlit. Ce dernier pouvait tuer.

— Je sais cela, dit Alexandre.

Le dessert, des poires au sirop qu'il savourait à la petite cuillère d'argent, eut un goût amer. Pendant la guerre, il n'avait pu sauver la vie d'un enfant qui avait ingéré ce lait dans des circonstances étranges.

— La racine contient des alcaloïdes. D'après ce que je sais, ce serait de la taxine, du taraxstirol et de l'homo-taraxastirol...

— Il y a des jours où j'en boirais bien, dit-elle en retombant dans l'abattement qui avait précédé le repas.

— Ne dis pas ça !

Le docteur planta brutalement sa cuillère dans une poire. A présent, il mesurait combien elle se rongeait les sangs. Elle devait vider son cœur. Il y avait urgence. Mais, en sachant Fernande à proximité, elle ne le ferait jamais. Alexandre se leva et se rendit dans la cuisine.

— Vous pouvez disposer, Fernande.

— Et la vaisselle, je la ferai quand ? répliqua-t-elle sèchement.

Elle était décidée à rester. Partir, c'était les autoriser à se faire des mamours et peut-être même des choses. Si sales que le simple fait d'y penser faisait d'elle une pécheresse.

— Demain ! Montez dans votre chambre à présent.

— J'ai encore à faire ici.

— C'est un ordre !

Elle vit qu'il ne plaisantait pas ; elle tenait trop à sa place pour lui tenir tête. Elle détacha son tablier, le balança à terre comme un chiffon sale et jeta un « bonne nuit » rauque, plein de ressentiment et de sous-entendus malsains. Alexandre haussa les épaules ; elle l'avait habitué à ses crises de jalousie. Elle lui en faisait pratiquement une par mois depuis la mort de sa maîtresse marseillaise, dix ans auparavant.

Alors qu'on entendait le pas irrégulier de la servante montant dans sa chambre au troisième étage, il revint s'asseoir à table, cala ses poings sous le menton et contempla Marie. La jeune fille attendit que la porte du troisième se referme. Et ce fut avec une violence qui ébranla les cloisons.

— Je t'écoute.

Elle lui parla d'abord de l'altercation entre elle et Salomon, omettant de raconter son aventure avec Espinet. Puis elle lui dévoila l'incident de son enfance, sa rencontre dans les bois, la véhémence de Pascal Roux.

— Plus j'y pense, plus je doute de moi. Pourquoi ont-ils dit que je n'étais pas une Gaspari ? Et si c'est vrai, qui suis-je ?

Alexandre demeura perplexe. Embarrassé, il sembla chercher une réponse dans le paysage du tableau qui lui faisait face. Les nuages immobiles et les collines saignantes gardèrent leurs secrets. Il n'avait jamais entendu parler en mal de sa protégée. Rares étaient les Cugéens révélant des histoires de famille à quelqu'un né hors de la commune. Et il avait vu le jour à la Bastide Basse sur le territoire de Signes avant d'émigrer vers Gémenos. Après ses études à Marseille, la nostalgie le poussa à s'installer sur la Sainte-Baume en 1898. Cuges, alors sans médecin, fut son village d'accueil. Il s'y était fait plus de relations que d'amis. Seuls le notaire et le curé étaient en possession de renseignements précieux sur la vie de chacun, mais l'un comme l'autre respectaient les règles de silence de leur charge. Marie le vit cependant préparer sa réponse, comme s'il cherchait à brouiller une piste.

— Si je t'avais mise au monde, répondit-il, je pourrais te répondre, mais pendant les cinq premières années de mon exercice, aucune femme enceinte n'a fait appel à mes services et je ne crois pas, connaissant un peu ta mère, qu'elle aurait consenti à être délivrée par un homme.

Il paraissait sincère. La déception de Marie fut grande. Elle avait tant espéré.

Elle aussi pensa au notaire et au curé. Ces deux-là n'ouvraient le bec que par intérêt. Au premier, elle n'avait pas d'argent à offrir ; au second, elle refuserait toujours d'ouvrir ses cuisses. Restait le diable et le bon Dieu... Elle réfléchit aux moyens de communiquer avec les forces invisibles. Son visage était un livre ouvert.

Alexandre y lut l'abattement, le désespoir, toutes sortes de sentiments qui conduisaient l'être à la perdition. Il crut bon de la rassurer :

— Ne te fie pas à la méchanceté d'un Salomon ou d'un Roux. Tu le sais très bien, les gens d'ici n'aiment pas les étrangers. Tes parents ont dû subir toutes sortes de vexations en venant en France. Cela fait plus de quarante ans que les gens fabriquent des histoires sur les immigrés italiens et corses. En Provence, plus qu'ailleurs – j'en sais quelque chose –, les hommes des collines n'ont que de l'arrogance. Ils sont sûrs que leur austérité, leurs racines, leur sang les rendent supérieurs. Ils se sentent le droit de juger tout le monde selon leurs critères et ils n'ont pas besoin de tribunal pour rendre leur justice : les cafés, les lavoirs et les veillées suffisent à leurs délibérations. Ils savent qu'il est inutile de manifester de la compassion, de la bonté, de la charité ou de l'amour parce que leur origine commune et le droit du sang les dispensent de tout bon sentiment. Tu es née à quelques kilomètres du clocher de Cuges et pourtant à leurs yeux, tu vaux moins qu'une brebis de leur berger. Et tu pourras crier, revendiquer, parler provençal, danser la fricassée militaire de la marche de Sainte-Victoire, rien n'affectera leur point de vue. En vérité, rien ne les affecte, que leur propre monde étroit.

Il exagérait et il le savait. Tous les Provençaux ne ressemblaient pas à ce portrait qu'il brossait à gros coups de pinceau. Loin de là. Mais il désirait aider

Marie. D'autant plus qu'il ne croyait pas aux dires d'un Salomon ou d'un Roux. Il connaissait bien le joueur d'accordéon et le maître de Roumanil. Jaloux de l'air que les autres respiraient, les deux hommes vivaient à l'écart des grands et petits complots de la Sainte-Baume. On ne se confiait pas à ce genre d'individu, et si on tolérait le premier les jours de bal, on évitait le second comme la peste. Pascal Roux semait depuis quarante ans la terreur, chassant les intrus de ses terres, exerçant une véritable tyrannie sur les quinze membres de sa famille et la vingtaine de paysans à son service. Sa fille aînée, Simone, la chef des roumanières, était la seule à lui tenir tête. On disait que lorsqu'il buvait trop d'absinthe, un démon prenait possession de lui. Alexandre n'était pas étonné qu'il ait pu effrayer une fillette de quatre ans.

— Crois-moi, ajouta-t-il, paroles de mécréants ne méritent pas qu'on s'y attarde.

— C'est très vrai ce que vous dites. Il n'empêche qu'ils ont allumé un feu et je ne sais pas comment l'éteindre, soupira Marie.

— *Leisso brular ce que bouhie pa per tu !* s'exclama Alexandre.

Ce « Laisse brûler ce qui ne bout pas pour toi » était l'un des proverbes favoris de sa mère. Il fit de l'effet à sa jeune amie ; pour la première fois depuis le début de sa visite, elle eut un sourire. Pas un sourire de Joconde. Au mieux un sourire douloureux, semblable à ceux des vierges sculptées en Espagne. Il restait cependant encourageant. Il appartenait désormais au docteur de prendre l'initiative.

— A ta place, je remonterais à la Sauvagère, j'irais embrasser ma mère et lui dire combien je l'aime, puis je prendrais une tisane de jujube et de coquelicot. Il n'y a rien de meilleur pour éteindre les feux de l'esprit.

Une rougeur monta au front de Marie. Elle pensa soudain à sa pauvre maman qui s'était toujours battue pour l'élever dignement. Comment avait-elle pu croire un seul instant que cette femme admirable ne l'avait pas portée dans son ventre ? Et son père... Elle se mordit les lèvres. Comment avait-elle pu douter de ses parents ?

— Je prendrai aussi du mélilot blanc, dit-elle en cachant au mieux sa gêne.

— N'en abuse pas, répondit-il sur un ton enjoué.

Elle eut un petit rire. A haute dose, le mélilot agissait comme un hypnotique et un stupéfiant. Elle n'avait pas l'intention de faire des rêves de fée.

Au moment de quitter le docteur, ce dernier lui conseilla aussi de travailler le français et le calcul et il lui fit cadeau d'un livre de géographie.

— Lorsque tu auras ton certificat d'études, ils te respecteront, cria-t-il alors qu'elle s'éloignait dans la nuit.

« C'est ça, ils te respecteront, pauvre imbécile », pensa Fernande à qui rien n'avait échappé.

La vieille servante n'était pas entrée dans sa chambre. Tout en restant sur le palier, elle avait fait claquer la porte, puis après s'être déchaussée, elle était redescendue sur la pointe des pieds. Tendre l'oreille était un exercice facile, glaner des renseignements et faire chanter les gens était une autre affaire. Cela avait failli lui coûter autrefois la vie lorsqu'elle était cuisinière à Toulon. Les Cugéens, ces culs-gelés comme elle les appelait, n'étaient pas de la même trempe que les Toulonnais. Si secret il y avait et si elle le découvrait, il lui serait aisé de leur extorquer de l'argent.

Quand elle s'allongea dans son lit, elle sut qu'elle n'aurait nul besoin de mélilot blanc pour faire de jolis rêves. Demain, elle irait au lavoir, histoire d'appâter les mégères du village et, si le courage lui venait, elle se rendrait au Roumanil, voir ce Pascal Roux de près.

# 8

Le mistral soufflait toujours aussi fort. Il assiégeait Cuges sans discontinuer. Le village s'accoutumait, son existence se réglait sur cette guerre qu'il ne gagnerait pas, esclave à jamais des caprices du seigneur des vents. Il était vide d'habitants. Ce qui arrangeait Marie. Après les événements de la journée, elle n'aurait pas voulu passer dans les rues aux rives bordées de veilleurs. Toutes les chaises de paille avaient été rentrées. Enfants, chats, chiens, rien n'errait autour des fontaines. Tout se passait derrière les fenêtres et les portes calfeutrées, dans les hautes maisons serrées les unes contre les autres où les ancêtres devenaient les points de mire des familles.

Marie n'osait pas lever les yeux vers les faibles lumières qui filtraient à travers les persiennes. Elle devait être au centre de toutes les conversations. Les vieux allaient donner leur avis, et il ne serait sûrement pas favorable. Les vieux n'étaient pas tendres avec les jeunes filles indépendantes, surtout lorsqu'elles portaient un nom finissant par *i*, *o* ou *ez*.

Ah, si elle pouvait tirer les vers du nez des vieux Cugéens, son existence serait transformée. Deux cents pas avaient suffi pour qu'en elle le feu reprît. Deux ou trois coups de mistral firent s'envoler les belles paroles du docteur. Elle ne pensait plus à sa mère, qui, à cette heure, moulait ses fromages, ni à son père, enterré comme un pestiféré sur les confins de Riboux. Le « qui suis-je ? » primait sur toute autre considération. Il lui fallait une réponse. Le plus vite possible.

Onze heures sonnèrent à l'horloge. Marie ne prit pas le chemin des collines. Elle dévia de sa route et continua à marcher contre le vent. Elle n'eut pas longtemps à lutter. La bâtisse vers laquelle elle se dirigeait était construite sur le côté gauche de la route nationale. Sur son flanc, une enseigne en forme d'écu grinçait autour d'un axe rouillé. Il aurait fallu un œil de chat-huant pour en reconstituer les symboles écaillés.

Marie la connaissait par cœur. Un B majuscule gothique était enchaîné à trois fers à cheval. Le B en question représentait la famille Barthélémy dont César, le septième de la lignée et le père de son amie Lucie, exerçait le métier de maréchal-ferrant. Cet homme travaillait jour et nuit. Il était le dernier à ferrer les chevaux, à réparer les roues des chariots et les socs des charrues, à fabriquer des outils trempés qui survivraient à leurs utilisateurs, mais il ne se faisait aucune illusion : on ne prendrait pas sa suite. Il n'y avait plus d'avenir dans la profession. Son fils vendrait des vélos ou s'en irait à La Ciotat faire le riveteur ou le chaudronnier. Pour l'heure, le père et le fils s'activaient devant la forge. Cramoisis, les poils roussis, les torses et les jambes protégés par des tabliers de cuir, ils s'escrimaient sur un morceau de ferraille crachant des étincelles. Une immense tenaille prolongeait les bras du garçon. Elle mordait dans la chair flamboyante de la pièce à former. Le forgeron actionnait le soufflet, surveillait cette cuisson peu ordinaire.

Marie arriva au moment où, se saisissant d'une pince semblable à celle de son fils, il décida de poser la pièce sur l'enclume. Ce fut comme si deux diables tiraient à eux le feu de l'enfer. Une onde de chaleur suffocante enveloppa la jeune fille et elle vit, le temps d'un éclair, leurs yeux qui n'étaient plus que deux fentes noires au milieu de boursouflures de chairs tuméfiées. C'était terrifiant et attirant à la fois. Ils avaient des mains encore plus effrayantes que leurs regards. Des doigts épais et longs, avec des nœuds aux articulations, des ongles cassés, la peau trouée de blessures mille fois cautérisées.

Barthélémy l'avait vue entrer, mais il ne prit pas le temps de s'inquiéter de sa présence à une heure aussi tardive. La priorité était au martelage. La pièce tendre reçut son premier coup de marteau, et le fils, qui la maintenait entre les mâchoires de son outil, tressauta des pieds à la tête.

— Je vais voir Lucie ! lança Marie en traversant la forge pour emprunter une porte qui donnait directement dans la cuisine.

Le forgeron lui répondit d'un grognement.

— Je vais voir Lucie, dit-elle une nouvelle fois à

madame Barthélémy qui, aidée de ses quatre jeunes enfants, trois filles et un garçon, d'une tante et de la mère de son époux, suait face à une grosse cuisinière où deux lessiveuses fumaient.

La petite famille était en pleine opération de stérilisation des boîtes et des bocaux à conserve. Dès l'apparition des premiers légumes, les Barthélémy s'organisaient pour travailler seize heures par jour. Ils vendaient leurs conserves aux épiciers et aux marchands ambulants. Leurs produits avaient une bonne renommée, surtout les petits pois et les haricots, difficiles à conserver.

C'était une véritable petite industrie. Dans un coin de la grande cuisine, il y avait un appareil à sertir les couvercles des boîtes de fer, dans un autre, une pyramide de bocaux en verre recuit et à bouchage pneumatique attendaient leur ration de coulis ou de confiture. Les enfants épluchaient, la grand-mère sertissait, la mère surveillait la cuisson au bain-marie tandis que la tante exerçait toutes sortes de contrôles sur cette chaîne, le plus important consistant à frapper les bocaux avec une tige d'acier. Ils devaient rendre un son clair quand la stérilisation était réussie.

— Tu tombes bien, dit madame Barthélémy en s'essuyant le visage avec la manche de sa chemise.

Son livre de géographie à la main, Marie se figea. Elle s'attendait à une leçon de morale. Mais la matrone aux larges hanches et à la face sévère marquée par de longs plis de part et d'autre de la bouche n'évoqua pas les événements de la journée. L'information ne lui était pas encore parvenue.

— Nous n'avons plus de mixtures contre les brûlures. Mes hommes sont pleins de cloques ; ils n'ont pas le geste sûr ces jours-ci. C'est à cause de ce maudit mistral.

— Je vous préparerai de la teinture de chardon béni et d'esprit-de-vin et de la pommade de sureau noir. Vous les aurez dans deux jours.

— Merci, tu es une brave fille.

Sur ces mots, madame Barthélémy entra dans la réserve attenante à la cuisine et en revint les bras chargés de cinq pots de confiture de cerises.

— Voilà pour toi. Mes amitiés à Julia.

Marie acquiesça. L'échange était équitable, le message, sincère. Madame Barthélémy admirait le courage de la veuve Gaspari. Au lavoir, elle ne manquait jamais de défendre Julia quand les langues se déchaînaient contre les étrangers qui venaient voler le pain des Français. La jeune fille fourra les pots dans son sac, puis reprit son livre.

— Elle est là-haut ? demanda-t-elle.

— Oui, elle crochète. Tu peux y aller.

Lucie ne faisait pas partie de l'équipe familiale. Elle avait ses propres sources de revenus. A huit ans, elle s'était prise de passion pour la dentelle. A douze, elle vendait ses créations aux voisines. A seize, elle eut sa place sur le marché et à présent elle avait des commandes des merciers d'Aubagne et de La Ciotat.

Marie monta au grenier. Par souci d'indépendance, Lucie y avait aménagé sa chambre. Dans ce vaste espace de cinquante mètres carrés, elle gelait l'hiver et cuisait l'été, mais pour rien au monde elle ne serait descendue au troisième étage où ses jeunes sœurs et son petit frère se chamaillaient, ni au second rempli des ronflements de son père, des prières de sa grand-mère et de sa mère, de la curiosité malsaine de sa tante et des sarcasmes de son frère aîné. Elle préférait entendre gémir la toiture sous les coups de boutoir du mistral. Elle y passait presque tout son temps au milieu des fils, des crochets, des aiguilles et des navettes. La neige de ses napperons et de ses dentelles parsemait le plancher, s'accumulait sur les chaises empaillées et débordait des boîtes en carton rangées sur les étagères adossées à l'un des deux murs.

Assise en tailleur sur son lit, Lucie, magicienne dans son art, besognait, la langue tirée, le regard rivé à la pointe de ses instruments. Chez elle, tout était invention, création, audace. Dès le dessin du patron, elle reproduisait à la plume un étrange langage fait de nervures, d'ajours et de brides, imaginant les points plats et de feston, les points à dents ou à pois, anticipant sur la façon dont elle allait tirer le fil pour former des barrettes verticales, des bouclettes, des boules, des nœuds, des picots, des motifs parfois si complexes que Marie les comparait à des plantes magiques poussant au pays des fées. Et son travail à l'aiguille ou au crochet n'était rien à côté de celui qu'elle exécutait à l'aide de ses fuseaux de buis. Un œil exercé n'aurait pu suivre le mouvement de ses doigts au-dessus du carreau qu'elle avait calé sur un prie-Dieu. Il ne pouvait que constater le résultat. Fils de soie, de coton ou de lin, mille fois entrecroisés, combinés, recombinés, donnaient naissance aux points célèbres d'Arras, de Gênes, de Malines et à des variantes de Valenciennes qui auraient pu porter le nom de Barthélémy.

Quand elle vit apparaître son amie des collines, elle en laissa tomber son ouvrage.

— Marie ! Il est arrivé quelque chose ?

— Non, rassure-toi, tout va bien.

— Mais on approche de minuit !

Minuit était une heure fatidique. Nul, excepté les braconniers, ne s'aventurait seul dans les collines après le douzième coup de l'horloge. Revenants, spectres et démons de toutes sortes infestaient la Sainte-Baume. Surtout quand soufflait un mistral à réveiller les morts.

— Il fallait que je te parle.

— Ce doit être bien important.

— Ça l'est !

Marie vint s'asseoir face à son amie dont les grands yeux étonnés et clairs portaient la fatigue des nuits passées à la lueur des lampes à pétrole. Fatigue d'autant plus grande qu'elle consacrait six heures par jour à la cueillette des câpres chez les Bonifay, cultivateurs, éleveurs et amis de ses parents. Cet acharnement à gagner et à économiser de l'argent était motivé par un irrépressible désir de quitter Cuges pour s'installer à Paris. Lucie avait des ambitions de chef de rayon d'un grand magasin. En cela, elle avait été influencée par Zola et les héros d'*Au bonheur des dames* qu'elle avait lu plus de cinquante fois. Quand elle évoquait son futur départ, son frère se moquait d'elle et son père tapait du poing. Mais les femmes de la maison, qui avaient la certitude de sa réussite, la soutenaient silencieusement.

Marie lui prit les mains et leurs cœurs battirent au même rythme. Il en était ainsi depuis leur première rencontre. Cette communion dépassait l'entendement. Elles ne cherchaient d'ailleurs pas à l'expliquer, elles l'acceptaient simplement comme un cadeau du ciel, se comparant à des sœurs jumelles qu'un caprice de la nature aurait différenciées par la couleur des cheveux et des yeux. La rousse aux yeux clairs et la brune aux prunelles noires écoutèrent le galop du vent sur les tuiles.

La maison craquait de toutes parts. Le furieux cherchait à pénétrer et il y parvenait, sifflant à travers les trous et les lézardes. Il fallait l'accepter. Marie se résigna à la présence de ce témoin envoyé par les forces de l'au-delà.

Elle raconta son histoire. Lucie l'écouta en fronçant les sourcils. Elle n'avait jamais entendu quoi que ce soit à ce sujet et elle en fit part à son amie.

— Ce sont des mensonges inventés par des jaloux !

— Mais jaloux de quoi ?

— Je sais pas, moi... parce que tes parents ont hérité de la Sauvagère et de l'argent de Mémé. Et que tu es à ton tour l'héritière.

Le rire grinçant de Marie en dit long sur la valeur de l'héritage. Elle éclaira Lucie sur ce point :

— La Sauvagère ne vaut même pas mille francs. Mémé n'avait qu'une bague en argent.

— Peuchère ! Ça, c'est toi qui le dis. Moi, je te

crois, mais un Salomon qui a la haine des étrangers pense autrement.

— Va pour Salomon, mais pourquoi un Pascal Roux, qu'on dit si riche, aurait-il eu la même réaction ?

— Pour ça, ma vieille, j'ai l'explication ! Les Roux sont des conquérants. Manger les biens des autres, c'est ce qu'ils savent faire le mieux. En cent ans, ils ont acquis trois mille hectares. La Sauvagère, dont personne n'aurait voulu à la mort de Mémé si tes parents n'avaient pas débarqué d'Italie, aurait été achetée pour une poignée de francs à la commune de Riboux. Le Pascal aurait agrandi son domaine à bon compte en prenant pied sur le versant qui domine la riche plaine des Espèces.

Le raisonnement de Lucie était imparable. La jeune fille avait un sens inné pour l'analyse et la stratégie. A Paris, elle ferait rapidement carrière. Elle avait convaincu Marie qui retrouva le sourire.

— Tout est clair à présent. J'ai été bien bête, dit-elle. Merci, Lucie.

— Sainte Vierge ! Ne me remercie pas. Imagine, si cette bêtise avait été vraie. Qui nous dit que tu n'aurais pas été une princesse abandonnée ? C'est déjà arrivé.

— Une princesse… Moi ?

Elles se mirent à rire aux éclats. « Une princesse » pour ces deux rudes demoiselles de la campagne, cela signifiait un teint d'ivoire, une bouche minuscule posée comme deux pétales de rose sous un nez retroussé, des cheveux blonds et bouclés, un corps laiteux et potelé dans une robe de soie à volants et des bijoux à faire pâlir le soleil. Leur rire se mua en un soupir. Etre princesse, quel bonheur. Attendre le prince charmant, valser devant les têtes couronnées, boire du champagne et s'aimer dans une chambre en haut d'une tour, juste sous les nuages, elles rêvèrent à ces impossibles moments comme quand elles étaient petites filles.

Lucie fut la première à revenir sur terre. Par association d'idées, elle s'écria :

— Et au bal, tu y as pensé ?

— Quel bal ?

— Celui du 14 Juillet, pardi !

— Cette réunion d'ivrognes ? J'y mettrai pas les pieds !

— Ne fais pas ta têtue.

— Ils vont encore me dire de retourner en Italie.

— Qui, ils ?

— Tu le sais très bien, ceux du café de la Fontaine, des bars, de la fanfare, les bravadiers... L'an passé, j'en ai pleuré.

— On crachera sur ces imbéciles. Tu as de nombreux amis à Cuges. Le maire t'aime bien. Et puis tu viendras au bras de ton docteur chéri, histoire de clouer le bec de tous ces beaux merles, dit Lucie en prenant le livre de géographie.

L'insinuation de Lucie la fit rougir. Marie n'était jamais parvenue à persuader son amie que sa relation avec Alexandre n'était pas amoureuse.

— Ne fais pas cette tête de mijaurée, il en pince pour toi, le Fabre. Ça saute aux yeux.

— Il me considère comme sa fille.

— Tu en connais beaucoup, des pères qui invitent leurs filles à dîner, les poussent à avoir leur certificat d'études et font l'éloge de leur beauté à la table du maire ?

— Ma beauté ? Il a parlé de moi chez le maire ?

— Un vrai poète à ce qu'il paraît. Je le tiens de ma mère qui le tient elle-même de madame Sudre, la femme du marchand de bois, qui était invitée avec son mari, les Mirante, les Gombert et les Blanc au repas d'anniversaire de la fondation de la France Libre [1]. Crois-moi, il finira par te passer la bague au doigt. Y en a beaucoup qui aimeraient être à ta place. Tu devrais t'empresser de le prendre pour cavalier au bal.

Marie en resta interloquée. Fabre parlant d'elle aux notables de Cuges. Qu'allaient-ils imaginer à présent ? Le pire… la petite Gaspari dans le lit du docteur. Elle arracha brutalement le livre des mains de Lucie.

— De toute façon, j'ai rien à me mettre. Je traîne ma robe du dimanche depuis quatre ans, dit-elle sourdement.

— Et si je faisais de toi une princesse ? avança malicieusement Lucie.

— Arrête de te moquer de moi !

— Je ne me moque pas, viens voir par ici.

Lucie sauta du lit et se dirigea vers l'une des

1. Créée le 2 juillet 1918.

soupentes où étaient alignés trois grands coffres. Elle en ouvrit un et se retourna vers Marie.

— Allez, zou !

Marie s'approcha avec curiosité et découvrit une robe de conte de fées rangée soigneusement sur une épaisseur de draps et de serviettes.

— Je crois qu'elle est à ta taille, dit Lucie en la soulevant pour la poser sur le corps de son amie.

Marie eut un mouvement de recul. Elle ne méritait pas une telle merveille. La toucher lui semblait déjà un sacrilège. Elle était en mousseline de soie vert tendre surbrodée dans la même couleur, d'une ligne très près du corps tombant jusqu'aux chevilles, doublée et sans manches, plus légère qu'un nuage.

— Les broderies sont de moi, dit fièrement Lucie. Elle appartient à une riche cliente d'Adrien Roubaud. Il me l'a confiée pour les finitions. Je dois ajouter ce dessin dans le dos.

Le dessin en question était épinglé sur un coussin près du lit. Il représentait trois lettres chinoises dans un cartouche.

— Essaie-la, ordonna Lucie.

Marie recula encore. Et comme son amie avançait, elle se retrouva coincée contre les étagères à napperons.

— Tu es folle, balbutia Marie.

— Qu'est-ce que tu risques de l'essayer ? Roubaud est à Auriol, la cliente habite Tourves et je dois la remettre le 20 juillet. Personne ne saura rien.

— Ça risque de nous porter malheur !

— Moi, je pencherais plutôt pour le bonheur. Tu

la passes juste pour voir l'effet que font mes broderies sur toi. Tu peux au moins me rendre ce service.

— Si je le fais, c'est pour toi, répondit Marie.

En vérité, elle brûlait d'envie de l'essayer. Quand elle la passa, elle se sentit soudain devenir une autre femme. Ce n'était pas une vague impression. Il suffisait de regarder Lucie, dont la bouche ouverte et les yeux écarquillés trahissaient l'ébahissement. Marie tourna sur elle-même. Elle crut qu'elle allait s'envoler.

— Je suis un oiseau ! s'écria-t-elle.

— Non, tu es une princesse, dit Lucie. Elle a été faite pour toi. Tu seras la plus belle du bal.

Marie ne se rebella pas. Elle acceptait l'idée de se travestir et de valser avec Alexandre. Pour une fois ses détracteurs allaient avoir une bonne raison d'être jaloux.

Lorsqu'elle rentra à la Sauvagère, il était presque deux heures du matin. Sa mère était encore au travail, moulant et démoulant ses fromages. Aucune inquiétude n'assombrissait le visage de Julia. Elle avait l'habitude des virées de sa fille. Il arrivait souvent à Marie de dormir à la belle étoile. Certaines plantes poussaient très loin de la Sainte-Baume et elle n'hésitait pas à s'aventurer jusqu'à Hyères ou du côté de Sainte-Victoire, s'absentant parfois quatre ou cinq jours.

La surprise vint de l'étreinte. Marie la prit dans ses bras, lui caressa le visage et, tout en la serrant contre elle, murmura :

— Je t'aime, maman.

## 9

Jean-Baptiste Moraud gonfla ses poumons d'air pur. Il était enfin seul, privé des bruits de la ville qui se répondaient comme des horloges déréglées, des gaz d'échappement et des fumées d'usines qui faisaient parfois de Marseille une ville fantomatique, loin des pesanteurs de l'administration, des chicanes préfectorales, de la paperasserie. Devant lui, au bout d'un sentier tortueux, émergeait le front gris-bleu de la montagne.

Depuis un quart d'heure il avait quitté le village qui répondait au nom de Cuges. Son arrivée y était passée inaperçue. L'omnibus d'Aubagne l'avait lâché avec d'autres voyageurs au milieu d'un attroupement d'habitants endimanchés suivant la fanfare le long de la rue principale parée aux couleurs de la nation. Le 14 Juillet était une fête sacrée. Le bleu, le blanc et le rouge, de cocardes en drapeaux et de fanions en rubans, habillaient les façades des maisons et des bâtiments publics. L'auberge du Mouton d'or, où il avait pris pension pour longtemps, n'échappait pas à la règle. Un énorme drapeau planté sous le chaperon du toit faisait pâlir les mauves glycines flanquant l'entrée de l'établissement.

Il n'était pas mécontent de ne plus entendre les flonflons et les pétards. Ni le vent. Le mistral s'était essoufflé deux jours auparavant. Après une ultime plainte du côté de l'Estaque, il s'était retiré derrière la rive droite du Rhône, dans un lieu mystérieux où il reprenait des forces. L'ordre était revenu. Les cigales chantaient à tue-tête. Les rapaces décrivaient leurs cercles. Des parfums sauvages ondulaient en même temps que les toiles d'araignées au gré de la lente vague de chaleur soulevée par le soleil montant.

Etait-ce réellement l'ordre ? Jean-Baptiste n'en était pas convaincu. Un environnement hostile s'étendait à perte de vue. Le chaos régnait en maître. Partout, témoignages des défaites humaines, les ruines s'élevaient sur des terres en friche. La carte d'état-major qu'il avait emmenée avec lui confirmait ce qu'il pressentait au fur et à mesure de son avancée. Il la déplia, repéra les fermes isolées, les moulins et les villages abandonnés, les bastides et les bergeries érigées en forteresses sous les hauteurs de la Sainte-Baume et de Siou-Blanc. Dénivelés, creux, bosses, trous, ravins, gouffres, toutes les défenses naturelles du territoire s'inscrivirent dans son regard bleu et furent transformés en chiffres.

Il était ici pour pacifier ce chaos et il n'allait pas avoir la tâche facile. Détaché du ministère des Travaux publics, sa mission consistait à esquisser les tracés routiers. En l'occurrence une nouvelle départementale à cheval sur le Var et les Bouches-du-Rhône, entre les villages de Cuges et de Mazaugues ou entre ceux de Gémenos et du même Mazaugues, point d'aboutissement d'une politique de désenclavement et d'ouverture au modernisme.

Son choix allait être capital. Du moins, il le croyait, comparant la région aux colonies africaines qui portaient désormais son empreinte. Infatigable et génial ingénieur des Mines, il venait de séjourner en Haute-Volta où il avait fait des prodiges. Il en était reparti sous les éloges et il avait encore en tête le discours du gouverneur général qui justifiait son acharnement à améliorer les conditions de vie des indigènes et le capital des colons : « [...] Le prolongement du chemin de fer au cœur de la Haute-Volta, l'aménagement du port d'Abidjan, l'utilisation à Port-Bouët de l'énergie thermique des mers sont autant de nouveaux éléments apportés à la consolidation d'une prospérité qui trouve dans des possibilités naturelles très grandes matière à envisager l'avenir avec optimisme. »

Jean-Baptiste aurait pu poursuivre une brillante carrière outre-mer, mais à trente-cinq ans, après un mariage raté avec une fille de consul, il avait voulu marquer une pause et revenir en Provence, berceau de ses ancêtres, tout près de l'endroit où était né l'être qu'il avait le plus admiré et chéri : sa grand-mère Gabrielle, partie soixante et dix ans plus tôt à Panama. Cette femme courageuse lui avait donné le goût de l'aventure, la passion des grands espaces, la foi dans le progrès, assez de force pour fendre la

Sainte-Baume, Garlaban, la Sainte-Victoire et le mont Ventoux.

Il examina à nouveau sa carte et se laissa gagner par l'émotion en posant le doigt sur un minuscule carré noir au-dessus duquel était écrit « Pipette ». La ferme où était née son inspiratrice. Une maison de rien du tout à huit kilomètres et demi de l'endroit où il se tenait, au pied d'une colline appelée Pin-Vert et du débouché d'un vallon répondant au nom de « la Roche du Saule ». Si près et si loin à la fois. Un élan sentimental le poussa à se saisir de ses jumelles et à sonder l'horizon ; mais il ne put voir la Pipette, cachée derrière les milliards de tonnes de rocs dressés sur la frontière départementale. Son envie était d'autant plus dérisoire qu'il ne savait même pas quel aspect elle avait. Sa grand-mère ne lui en avait fait aucune description. Apparemment, elle en était partie sans regret le jour de ses dix-huit ans. Tout en observant les reliefs alentour, il promit de s'y rendre.

Degré après degré, il abaissa son angle de visée. Des pans entiers du paysage tourmenté balayé par les jumelles imprégnaient brutalement ses rétines. Des sentiers à chèvres contournaient les obstacles, se croisaient sur les plats, filaient dans toutes les directions. Il les suivit un à un. Il anticipait sur ses plans routiers quand il repéra la fille sur l'un des sillons poudreux.

Il y avait donc des promeneurs en ce jour de 14 Juillet ? Il ajusta les lentilles de l'objectif. La promeneuse lui apparut nettement. Elle marchait fièrement au centre des cercles de lumière captés par les jumelles. Il rectifia son jugement. C'était une indigène. Bergère ou fille de charbonnier à première vue. Ses vêtements étaient faits pour résister aux épines et aux pierres coupantes. Elle était chaussée de godillots montants à lacets. Mais nom de Dieu ! qu'elle était belle ! Plus elle avançait, plus il retenait son souffle. Elle grandissait de seconde en seconde et il dut se camoufler derrière un buisson pour ne pas être repéré. Quand il fut à l'abri, il se hâta de la capter à nouveau.

Il devina le corps ferme et élancé sous la jupe et le corsage informe. Elle était faite à l'image de la nature qu'elle traversait et il la compara aux félins africains qu'il avait eu l'occasion d'observer. Ses yeux semblaient deux longues fentes ; son visage respirait la force et la sensualité ; son expression était celle d'une conquérante qui allait livrer bataille.

Jean-Baptiste était subjugué, inspiré, troublé, et ses doigts s'affolèrent sur les molettes de son appareil lorsqu'elle disparut soudainement. Le chemin était vide.

« Bon sang, je n'ai pas rêvé ! »

Il s'essuya le front, pestant contre la chaleur. Il avait connu pourtant des soleils plus ardents et il avait été confronté à de vrais mirages. Il chercha encore et encore. La fée, il était bien obligé de la nommer ainsi, s'était envolée. Il forma alors le vœu de la retrouver. Une promesse et un vœu en une seule matinée ! La journée s'annonçait riche en événements. Il ne regrettait pas son retour sur la terre de ses origines.

Marie dévalait la pente raide. Passant à travers des massifs de genêts, elle avait quitté brusquement le chemin qui menait au château des Espèces. Un autre sentier courait dans le creux ombré d'un vallon. Elle le prit sans se hâter, absorbée dans ses pensées. La robe... la robe était une fleur vivante dont elle n'arrivait plus à chasser la présence. L'avant-veille, elle s'était rendue chez le docteur. Alexandre avait accepté d'être son cavalier et il allait être le premier surpris en la voyant vêtue comme une élégante invitée à une soirée préfectorale. Rendez-vous avait été donné à vingt et une heures à la maison de Lucie. Il ne s'en était pas étonné, connaissant la complicité des deux jeunes filles.

Marie observa le soleil et les ombres. Il était à peine onze heures et Lucie l'attendait pour quatre heures. Alors commencerait une longue séance de coiffure et de maquillage, arts dans lesquels elle n'excellait pas. Ni Lucie. Elle avait une avance considérable et elle en voulut au temps d'être si lent, au soleil de se traîner dans le ciel.

— Allez, zou, fainéant ! cria-t-elle à l'astre.

Cette vaine apostrophe la fit rire. Elle virevolta sur le sentier sur les bords duquel poussaient des digitales jaunes et des saponaires aux grandes fleurs roses gorgées de nectar. Ses amies sauvages étaient témoins de son bonheur ; elle posa les doigts sur le velouté des feuilles, sur la douceur des pétales, faisant songer à une mère caressant ses enfants. Elle se pencha pour capter les arômes, puis elle reprit son chemin, fortifiée par la présence des millions d'insectes et de plantes.

Elle était ici chez elle ! Et ce soir elle allait le faire savoir. Ne parlait-elle pas le provençal aussi bien que les vieux Cugéens ? Savaient-ils, ces vieux sages qui siégeaient au tribunal des cancans, que, dans leur langue maternelle, la pariétaire officinale, la salsepareille et la chélidoine se traduisaient par *espargoulo*, *tiragasso* et *dindoullero* ? Elle n'en était pas persuadée.

Les vieux détenaient le certificat de son adoption définitive au sein de la Sainte-Baume. Cependant elle ne les craignait pas. Autrement plus redoutables étaient les hommes dans la force de l'âge, les vainqueurs de la guerre de 14-18 qui noyaient leurs cauchemars dans l'alcool et creusaient encore des tranchées dans leurs têtes. Evidemment, tous les poilus de la plaine et des collines n'étaient pas aussi aigris et fielleux, certains faisaient honneur au village, aux familles, par leur volonté de vivre, de reconstruire, d'effacer les blessures tout en perpétuant le souvenir des héros disparus, mais ceux-là ne se manifestaient guère. C'était ainsi : au bal du 14 Juillet, on avait toujours l'impression que l'armistice n'était pas encore signé, surtout lorsqu'un Vincent Espinet prenait la tête des troupes. Aux dernières nouvelles, le contremaître était en verve. On disait qu'il avait retrouvé ses ardeurs dans les bordels d'Aubagne et qu'il en était revenu avec de féroces appétits et de sérieuses envies de vengeance.

Mais que risquait-elle dans sa robe de princesse ?

La vieille Angèle relisait les lettres de ses fils. Elle avait moins de mal à les décrypter maintenant qu'elle les connaissait par cœur. Le français était une langue difficile. Elle l'avait appris à la petite école du curé sous le règne de Napoléon III. C'était si loin et tant de choses avaient bouleversé sa vie qu'elle croyait rêver en y pensant. Ses meilleurs souvenirs dataient de cette époque : sa communion, ses fiançailles, son mariage avec Jacques Aubert, la naissance de ses deux garçons et de sa fille. Bonheur qui s'achevait au fond d'un précipice dans lequel elle était tombée un jour de novembre 1870 quand on lui avait annoncé la mort de son époux. Jacques avait été tué au siège de Neuf-Brisach.

Dix ans plus tard, ses fils furent appelés sous les drapeaux et partirent en Algérie. Non seulement ils n'en étaient jamais revenus, mais ils avaient convaincu leur sœur de les rejoindre. Cet ultime coup de poing à la poitrine, elle le reçut comme si elle avait été volée ou trahie. Et ce ne fut pas sa propre sœur, jalouse, qui la consola. Elle resta désormais seule, vivotant, réduisant son univers au travail quotidien de la terre, à de longues haltes à l'église et à l'entretien de la tombe familiale où dormaient ses ancêtres et son Jacques.

Tout en repliant les lettres qu'elle rangea religieusement dans un tiroir, Angèle eut la larme à l'œil. Elle ne connaîtrait jamais les enfants de ses enfants. Elle aurait pu partir là-bas ; ils le lui avaient demandé cent fois. Elle avait toujours repoussé la date de son départ. Cette Algérie qui lui paraissait si riche, si blanche et lumineuse à travers les cartes postales qu'elle avait reçues, était comme un pays de cocagne où elle n'avait pas sa place. Son destin était de mourir ici et d'être enterrée auprès de son époux. Le voyage en Algérie, elle le ferait avec lui quand, débarrassée de son enveloppe charnelle, elle pourrait voler au-dessus de la mer.

Le bruit lointain d'une explosion lui fit froncer les sourcils. Au village, ils lançaient des pétards. Elle détestait le 14 Juillet. Elle ne faisait pas partie de ces veuves blanches et plâtreuses qui, paradant dans leurs habits noirs bordés de dentelles, se gorgeaient de musique militaire, de fifre et de tambour pendant que les élus couronnaient de fleurs les monuments aux morts.

— Allons voir les poireaux ! dit-elle avec un air de mépris.

Elle prit la bêche qu'elle rangeait tous les soirs derrière la porte d'entrée et sortit. Des roulements de tonnerre l'accueillirent. En bas, sous le clocher cerné de pigeons fous, ils s'en donnaient à cœur joie, allumant des pétards de plus en plus gros qu'ils finiraient par confondre avec des tirs d'artillerie.

Les deux carrés de légumes séparaient la maisonnette du précipice dévorant qui avait mangé le flanc de la colline au fil des millénaires. Carottes, poireaux, salades, tomates et pommes de terre y attendaient leur ration d'eau. Opération difficile pour Angèle. Le puits avait été creusé à cent pas de cet îlot isolé. Les Aubert, ancêtres têtus de son mari, s'y étaient accrochés dès la révolution de 1789 et plus rien, pas même les feux de 1851, ne les avait délogés.

Angèle y maintenait sa vieille carcasse. Chaque

jour, la corvée d'eau la tuait un peu plus. Surtout en été, quand la Sainte-Baume se desséchait, quand les rochers blancs, livides, se lézardaient entre les herbes jaunâtres, quand les bêtes sauvages n'osaient plus s'aventurer sur les vagues gigantesques de cet océan pétrifié.

Et dire qu'en bas ils faisaient la fête, suant et ricanant sous les drapeaux tricolores. Angèle les imagina s'empiffrant. Parents et enfants, la bouche dégoulinant de sucre devant la baraque du marchand de beignets ou les yeux exorbités face à la grosse Gitane d'Aubagne qui, chaque année, tirait les cartes près de la bascule publique.

— Grand bien leur fasse, dit-elle avec une pointe de jalousie.

Elle examina ses légumes. Les feuilles en berne, ils mouraient de soif. Même les fourmis qui couraient sous les plants semblaient à la recherche de gouttes de rosée. Harassée par la perspective des va-et-vient entre son lopin et le puits, elle laissa passer de longues minutes et remâcha sa rancœur en écoutant les échos des débordements cugéens. Enfin, encouragée par la reprise soudaine du chant des cigales, elle se décida à descendre vers le puits.Chaque fois qu'elle s'y rendait, elle se demandait qui avait eu l'idée de creuser à cet endroit. Un sourcier tordu à coup sûr ! C'était un mauvais puits. Régulièrement à sec dès le 15 août, il l'obligeait à demander l'aide de la mairie et elle en était réduite alors à attendre tous les deux jours les tonneaux d'eau qu'un employé municipal lui livrait à dos de mulet. Elle n'aimait pas être redevable de quoi que ce soit à quelqu'un, surtout aux élus. Depuis la fin de la guerre, rares étaient ceux qui aidaient leur prochain sans arrière-pensée. Bien sûr, il y avait des exceptions. Marie Gaspari en faisait partie.

Elle eut une pensée pour la Gasparine. Peut-être aurait-elle dû lui révéler ce qu'elle savait ? Pas grand-chose en vérité... des ragots... des histoires d'hommes en noir liés à la naissance de cette gentille petite... presque une légende si on en croyait le berger imbibé d'absinthe qui l'avait racontée vingt ans plus tôt au sacristain du village qui lui-même s'était fait le confident des vieilles habituées de l'église. Depuis, berger et sacristain étaient morts. Pas dans leur lit. Le premier avait été trouvé au pont du Diable, la poitrine traversée par un pieu ; le second, près de l'auberge du Camp, le crâne fracassé. Ces étranges décès avaient suffi à tarir la source du mystère des hommes en noir, et les bigotes dont elle faisait partie s'étaient contentées dès lors d'en parler à leurs saints favoris lors de courts soliloques prononcés à voix basse dans la pénombre des chapelles. Avec les saints de plâtre peinturlurés, au moins on était sûr de ne pas se faire couper le cou par des diables venus de la Sainte-Baume. Parce que c'était bien des diables qui se réunissaient la nuit quelque part vers Riboux. Elle en avait la conviction !

Un frisson la parcourut. Elle tourna son regard vers le Jouc de l'Aigle. Le paysage avait quelque chose d'infernal. Dieu y avait envoyé Marie Madeleine et des anges, des papes et des rois à la tête de longues processions s'y étaient retirés, des moines y vivaient encore, mais le mal n'en était jamais parti, puisant ses forces dans les entrailles de la montagne vivante.

Elle avait les jambes lourdes. Dans moins d'une heure, elles seraient de plomb. De l'eau pour les poireaux, des sous pour vivoter. Maudite vie ! Maudite pauvreté qui lui faisait faire toutes sortes de petits métiers, de démarches absurdes, humiliantes, méprisables, qu'elle n'effectuerait plus si elle partait rejoindre ses enfants en Algérie. Le puits n'avait presque plus de margelle. Il ouvrait son œil sombre sur un trapèze rouillé supportant la poulie, la corde et le seau.

— Y a quelqu'un là-dedans ! cria-t-elle en se penchant au-dessus du vide.

C'était sa façon de sonder le fond. Quand l'eau manquait, sa voix résonnait longtemps. Elle fut satisfaite. Il y avait au moins vingt pans de flotte en dessous. Elle enleva la clavette de fer qui retenait le seau au trapèze et laissa filer la corde. Elle n'était toujours pas tranquille. Une impression de menace émanait du puits. Il était en train de se passer quelque chose.

Soudain elle comprit. Les cigales s'étaient tues. Les oiseaux aussi. Seules les détonations lointaines trouaient le silence. Il y eut le « plouf » fait par le seau touchant le fond, puis le craquement des branches dans son dos. Quand elle se retourna, il était déjà trop tard. L'homme lança son assaut brutal. D'une main, il l'agrippa par la gorge ; ses ongles s'enfoncèrent dans la peau. De l'autre, il la souleva par l'entrejambe. Elle eut beau se débattre, inexorablement il la fit grimper sur la margelle. Les sens douloureusement paralysés par la peur, elle ne parvint même pas à crier quand elle bascula dans le vide. Sa tête heurta des pierres saillantes, se fendit, perdit son sang, toucha l'eau noire quinze mètres plus bas. En quelques secondes elle mourut sans pouvoir maudire son assassin.

— Vieille poufiasse, tu n'as eu que ce que tu méritais, ricana Espinet.

Il s'était vengé et il se sentait mieux. Cette expédition punitive méditée dès la cuite prise après la panne sexuelle eut le mérite de le réconcilier avec sa nature violente. Il venait de retrouver définitivement ses marques ; il avait vu la terreur dans le regard d'Angèle. Et cette vision suave, il allait l'entretenir à travers le regard des femmes qu'il continuerait à soumettre.

Histoire de voir si la vieille avait son compte, il attendit un bon moment assis sur la margelle, se roulant une cigarette qu'il fuma en songeant au bal. Puis aucun râle ne montant du puits, il repartit en sifflotant *La Madelon*.

## 10

Les hommes chantaient *La Madelon de la Victoire* ou *Les Poilus de Joffre*, les femmes préféraient les chansons d'amour. Lucie avait son propre répertoire. Elle n'aurait cependant pas pu se produire sur scène, pas même dans un bastringue de Marseille. Sa voix ne portait pas très loin. Elle s'étranglait dans les aigus, écornait les notes, perdait la mesure à chaque respiration. Seule et patiente auditrice, Marie pouvait la supporter une demi-heure. Parfois plus. En ce 14 Juillet, ce fut le cas.

Lucie était particulièrement en forme. Sa voix de crécelle enchaînait les morceaux les uns après les autres. *Cahin-caha*, *Le Retour du marin*, *Ah ! je l'attends* et bien d'autres depuis l'arrivée de son amie sortaient de sa poitrine de soprano rouillée. Penchée sur la tête de Marie qu'elle frottait énergiquement, elle en était à *Veux-tu ?* Chanson qui faisait rêver toutes les jeunes filles du pays depuis plus d'un quart de siècle :

*Approche-toi, je veux parler tout bas !*
*Je t'aime ! Comprends-tu ce mot ?*
*Oh ! réponds, aimes-tu l'entendre ?*
*L'oiseau le gazouille aussitôt*
*L'écho le redit d'un air tendre.*
*Le bourgeon le dit à la fleur,*
*Le papillon le dit aux roses,*
*C'est un mot qui monte du cœur,*
*C'est un mot qui dit tant de choses.*
*Je veux te l'apprendre à genoux ;*
*Dans un baiser tout fait de flamme...*

— Arrête, tu m'écorches les oreilles, se lamenta Marie qui avait son compte.

Loin d'être vexée, Lucie répliqua :

— Tu n'aimes pas *Veux-tu ?* Tu préfères *Moutons et dindons* ?

— Ah non, pas ça !

*Moutons et dindons* interprété par mademoiselle Barthélémy de Cuges était la pire chose qu'on pût entendre à mille lieues à la ronde. Si elle lançait ses « glou glou glou glou » et ses « bê bê bê bê », on avait l'assurance d'un orage dans les heures à venir.

— Contente-toi de frotter comme je l'ai fait pour toi ! ajouta Marie.

— Toi, tu ne frottes pas, tu creuses des tranchées !

— Eh bien, creuse !

Lucie redoubla de vigueur. Laver la tête de son amie n'était pas une mince affaire. On ne pouvait pas venir à bout de la crinière sans éprouver des crampes au bout des doigts et dans les épaules. Trois doses de shampooing au bois de Panama préparé la veille n'avaient pas suffi. Lucie en versa une quatrième à laquelle elle ajouta la décoction d'ortie et d'origan apportée par Marie. Elle s'acharna pendant dix minutes, puis avec une sorte de jubilation cruelle elle versa brutalement des litres d'eau froide qu'elle puisait à l'aide d'une grosse cruche dans une bassine en fer-blanc.

Marie poussa des cris ; Lucie les avait poussés une demi-heure plus tôt. Tout en riant, elle maintint la tête de son amie, lui arrosant le dos jusqu'aux reins. Lorsque les dernières bulles de savon glissèrent le long de la peau nue, Lucie s'empara d'un arrosoir. Tout le secret de la beauté de leurs cheveux résidait dans l'ultime rinçage. L'eau qu'elle versa délicatement contenait une infime quantité d'huile de cade et de la teinture de bardane. Aux femmes qui s'étonnaient de la brillance et de la vitalité de leurs chevelures, les deux amies répondaient qu'on obtenait ce résultat en mangeant des navets. Depuis cette révélation, à Cuges, on avait vu les ventes de navets augmenter. Les villageoises de la Sainte-Baume avaient perdu les recettes de leurs ancêtres. Elles se fiaient désormais aux produits modernes vantés par les colporteurs et les réclames des journaux ou continuaient à se laver au savon doux de Marseille. Et le résultat n'était pas à la hauteur de leurs espérances. Rien n'égalait le secret de la Gasparine et de la Barthélémy.

Agrafant leur corsage, les deux jeunes filles s'assirent sur le rebord de la fenêtre. Elles offrirent leur visage au soleil. Le long séchage pouvait commencer, elles avaient sous les yeux la route nationale et une bonne portion du village. Cet espace animé suffirait à leur patience.

La route était encombrée de véhicules. Elles s'extasièrent à la vue des voitures rutilantes des citadins qui se rendaient dans les bastides et des élégantes dont elles apercevaient parfois les toilettes par les portières aux vitres baissées.

Puis elles eurent envie de sucreries. Juste en face de la forge, un marchand de « plaisirs » installa son petit banc rouge et blanc surmonté d'un parasol bleu. Il était aux couleurs de la France et cela plaisait, mais aurait-il été peint en noir que cela n'aurait rien changé à son succès. Le marchand, un vieux au visage rubicond flanqué de longues moustaches tombantes, avait déposé ses friandises dans le grand tambourin avec lequel il annonçait sa venue. Sur son banc, une petite roue portant des numéros, que les enfants et les parents faisaient tourner de toutes leurs forces pour un sou, désignait le nombre de friandises qu'on pouvait gagner. Un chanceux en rafla cinq d'un coup et la salive monta aux lèvres des deux amies. Le moustachu vendait aussi des croquants enveloppés dans des papiers colorés, des boîtes de chocolats qu'il était possible de gagner à la loterie. Ces boîtes de fer illustrées de paysages peints attiraient la convoitise des badauds.

— Regarde la jolie boîte ! s'écria Lucie. Celle avec les oiseaux !

— J'aimerais bien l'offrir à maman, dit Marie.

Elle imagina le plaisir de sa mère. Julia adorait les chocolats. Une fois vidé, le coffret aurait sa place sur la cheminée de la cuisine ; on le remplirait de morceaux de sucre.

— Tu as des sous ?

— Oui ! répondit Marie en sortant comme par magie de la poche de sa jupe six pièces.

— Trente francs, mais tu es riche ! balbutia Lucie en reluquant les grosses pièces d'argent qui brillaient dans la paume de Marie.

On pouvait vivre deux semaines sans trop se priver avec une telle somme. Elle-même, avec ses napperons et ses broderies, ne les gagnait pas en un mois.

— Les herbes, ça rapporte, dit Marie en pensant qu'elle avait sérieusement écorné ses économies.

— Te rends-tu compte… trente francs ?

Lucie n'en revenait pas. Son propre budget « 14 Juillet » s'élevait à deux francs sept sous et elle estimait que d'ici le douzième coup de minuit, elle ne l'aurait pas dépensé en totalité.

— Tu me l'as dit toi-même : aujourd'hui je vais être la princesse.

— C'est vrai, mais une princesse, ça ne joue pas à la richasso !

— Moi, jouer à la riche ?

— Et qu'est-ce que tu vas faire de tes trente francs ? Offrir une tournée à tout le village ?

— Tout d'abord, je vais nous offrir une tournée de friandises. Allez, zou, on va voir le moustachu.

— Mais on a les cheveux mouillés, on va se moquer de nous ! dit Lucie qui redoutait les regards d'autrui et se montrait toujours sous ses meilleurs aspects.

— Qu'il vienne donc celui qui aura le courage de nous rire sous le nez, je le recevrai ! s'exclama Marie en montrant son poing.

Cet argument convainquit Lucie. Elle suivit la Gasparine en luttant contre le rouge qui lui montait aux joues. Sortir avec la tignasse trempée, cela ne se faisait jamais... Jamais.

Marie acheta la boîte aux oiseaux, des faisans plus vrais que nature qui se pavanaient sur un chemin bordé de rosiers, puis elles firent tourner trois fois la roue, gagnèrent huit oublies enrobées de sucre et choisirent deux croquants. La gourmandise coûta moins de un franc, mais elle n'était pas encore satisfaite. Un autre étal attira les deux jeunes filles ; il était tenu par trois femmes grasses et avenantes en blouse rose. Elles avaient le sourire factice et l'art d'attirer le client en lançant « Un sou le beignet, un sou la pomme, un sou le sucre d'orge, deux sous le cornet de frites ! ».

Marie et Lucie lorgnèrent aussitôt vers les pommes laquées de rouge alignées sur du papier blanc. Preuves de qualité, des escadrilles de mouches tournaient autour de ces cibles sucrées en évitant les mains potelées des vendeuses. Les deux jeunes filles envièrent les mouches. Planter les dents dans le vernis craquant, sentir ensuite la pulpe acide du fruit était un plaisir rare lié aux forains qui se déplaçaient de fête de village en fête de village.

— Un petit sou la pomme, rien qu'un petit sou, dit l'une des prêtresses en rose en saisissant une pomme par son bâton.

Marie ne résista plus à la tentation.

— Donnez-m'en deux.

— Ce soir, on ne rentrera plus dans nos robes, dit Lucie.

— T'en fais pas, on a de la marge. Et n'oublie pas que j'ai des recettes pour perdre des kilos, répondit-elle en pensant à l'adonide de printemps, à l'aubépine, aux fumeterres, au tilleul et à tous les laxatifs qu'elle préparait les yeux fermés.

Lucie n'en doutait pas. Aussi mordit-elle goulûment le fruit. Oubliés les cheveux mouillés. Depuis leur apparition dans la rue principale, personne n'avait eu le regard scrutateur et fixe d'un juge de paix. Pas même les six ou sept bourgeoises endimanchées rencontrées avec leur marmaille. Elles n'avaient pas le temps de critiquer les deux paysannes. Toute leur attention se concentrait sur les trajectoires des pétards et elles se gardaient à droite, à gauche, devant, derrière, criant des « Imbéciles ! » quand une explosion retentissait tout près de leurs chevilles.

Les imbéciles étaient nombreux. Ils s'esclaffaient, juraient, guettaient les victimes avant d'allumer les mèches. Le curé Mouriez avait fait les frais des premières salves lancées sur la façade de l'église par quelques partisans républicains. Se ruant hors de la sacristie avec la ferme intention de les sermonner, il avait piteusement battu en retraite tandis que de gros pétards lui roussissaient le derrière.

A présent deux bandes rivales d'artilleurs en herbe occupaient le centre du village en s'observant de part et d'autre de la fontaine. Elles n'en continuaient pas moins à bombarder les passants. La bande du café, habituellement commandée par Espinet, se tenait devant les tréteaux du cafetier Roger Darsène ; celle de Raymond, le fils du maire, était retranchée sous la bâche de la buvette de Gus, autre patron de bar qui avait déplacé matériel et bouteilles pour venir s'installer sur ce haut lieu stratégique. Ces deux forces, presque essentiellement composées de jeunes, représentaient les courants qui s'opposaient depuis la fin de la guerre de 1870 et l'écrasement de la Commune.

Tout ce beau monde buvait et se réjouissait de la débâcle provoquée par les tirs. Le rouge coulait à flots, les verres tintaient, les barbes et les moustaches titraient treize degrés, les regards rougissaient à travers la fumée volcanique qui envahissait la placette Lucius-Cal ; la fine fleur de Cuges était prête à tous les excès et à la bagarre traditionnelle. Il était cependant trop tôt pour tremper son cul dans la fontaine, peindre la calèche du notaire en vert ou casser le nez de son voisin. On attendrait la nuit, le bal aux écuries, les provocations devant les filles du village, le signal des chefs, le dérèglement des cerveaux embrumés.

— On ne devrait pas aller par là, dit Lucie en contemplant les hommes rassemblés.

Elle avait une peur atroce de ces bacchanales

improvisées. Pour l'heure, les buveurs avaient encore les idées claires et les jambes solides. Ils ne faisaient pas de ces effrayantes embardées qui les menaient d'un mur à l'autre. Ils marchaient droit. Ce fut même d'un pas égal et presque en cadence que la horde de Raymond s'avança vers la bascule publique, prenant d'emblée l'ascendant sur sa rivale dès qu'ils se l'accaparèrent.

Chaque année, à la même date, la balance était l'enjeu d'un affrontement. Elle représentait le pouvoir économique et politique du village, bien qu'elle ne servît plus à grand-chose si ce n'était à peser quelques bêtes et des sacs de grains. On lui prédisait cependant un grand avenir avec l'extension de la culture de la vigne. Montée à quelques pas de la route nationale qui séparait le village, elle avait fière allure sur ses traverses d'acier, avec son cadran cerclé de cuivre, ses barres de pesée et son plateau sur lequel pouvaient tenir vingt personnes. C'était à peu près le nombre des fidèles du maire menés par Raymond. Ce dernier mit la main sur son cœur et entama *La Marseillaise*, mais il changea de chanson lorsqu'il vit les deux jeunes filles.

— Rentrons, je t'en prie ! insista Lucie.

— Non, je veux jouer à la Grande Loterie.

La Grande Loterie était le nom d'une roulotte tirée par quatre chevaux. Elle se rendait d'un bout à l'autre du département des Bouches-du-Rhône selon un itinéraire qui tenait compte du calendrier des fêtes municipales et de la concurrence. On y gagnait des objets en plâtre, des tranche-lard, des médailles plaquées or, des caféolettes Louis Forest, des baromètres anéroïdes, des œufriers en fil de fer, des poupées par dizaines et des poules faverolles ou gâtinaises tout aussi nombreuses.

La Loterie se trouvait vingt mètres après la bascule publique, à l'angle de la rue Glandèves et de la RN8. Entre cette caverne ambulante bourrée de trésors et les deux jeunes filles, il y avait Raymond qui les regardait de ses yeux ternes, d'un bleu délavé ; des yeux vagues, d'où toute trace d'intelligence semblait absente. Toute la personnalité de ce garçon de vingt-cinq ans s'exprimait par une voix de stentor servie par une poitrine de lutteur et une bouche de grenouille. Il avait abandonné *La Marseillaise* pour *Pas sur la bouche* et la dédia aux deux belles qui avançaient crânement :

*Tout en marchant la p'tit' Suzette*
*Contre Lucas se débattait*
*Si bien qu'on vit sous sa ch'misette*
*Un d'ses seins qui pointait.*
*Et Lucas dit : j'en suis bien aise,*
*Tu m'as r'fusé des c'ris's, vois-tu...*
*J'aime autant cueillir comme un'fraise*
*Ton p'tit nichon pointu...*
*Et Suzon dit tout bas :*
*Prends la frais' mais en tout cas...*

Au moment du refrain, toute la bande sauta de la bascule publique et cerna Marie et Lucie. En un braillement épouvantable, les choristes éméchés accompagnèrent leur chef, soufflant leur haleine sur les jeunes filles qui continuaient à marcher vers la Loterie.

*J'veux pas qu'tu m'embrass' sur la bouche...*

Marie se tenait sur ses gardes. Lucie rougissait. La ronde rétrécissait son cercle. C'était à celui qui beuglait le plus fort. De ce tourbillon endiablé fusaient des pétards qui retombaient sur les voitures et les charrettes coincées. Les Marseillais et les Toulonnais en déplacement prenaient patience, mais les injures n'allaient pas tarder à pleuvoir.

*C'est-y qu'tu veux voir mes mollets*
*Tiens r'garde-les*
*J'suis pas cachottière*
*Jusqu'à la jar'tière...*

Ce couplet les excita un peu plus et incita l'un d'eux à risquer sa main vers le bas de la jupe de Lucie. Il parvint à la frôler des doigts et poussa un cri lorsque le soulier ferré de Marie s'abattit. Elle l'écrasa comme on écrase les cafards. Plus vexé que meurtri, il s'écria :

— La salope, elle m'a tué la main !

Le silence se fit. Même la bande du café de la Fontaine retint sa respiration. Raymond écarta son copain du bras et se planta face à la Gasparine.

— Elle te plaît pas, notre chanson ?

— La chanson si, pas les chanteurs.

— Tu voudrais peut-être que le grand Caruso te chante un air d'*Aïda* ou de *Paillasse* ?

Le célèbre ténor était connu de tous. Ses

imitateurs, nombreux. Au village, les possesseurs de gramophones abreuvaient les amateurs de bel canto et on avait même entendu le curé Mouriez chanter des airs napolitains sur les tréteaux de la mairie lors de la Saint-Eloi.

— J'ai pas cette prétention. Et puis j'ai déjà tous les Paillasses du village, dit-elle en les désignant d'un large geste. Et c'est pas peu dire avec toute la paille qu'ils ont dans les cheveux et les bougnettes aux trous de nez.

Comme pour vérifier ce qu'elle venait de dire avec ironie, ils se dévisagèrent les uns les autres.

— On va pas se laisser insulter par cette *piantou* ! Merde, c'est le 14 Juillet, dit un homme qui arborait la médaille militaire.

La plupart avaient fait la guerre, certains en avaient bavé à Verdun, d'autres avaient fait du gras à l'arrière, mais tous, poilus et embusqués, aînés et jeunes sans barbe se sentirent soudain dans la peau de patriotes face à une *estrangère*. Marie ne les laissa pas se reprendre :

— J'ai du respect pour ceux qui se sont battus et ont souffert et je prendrais moi-même les armes si cette terre que j'aime devait être envahie à nouveau, mais je méprise les héros devenus hommes de rien, hommes soumis, hommes de paille en vérité !

— Et moi, je te dis qu'un homme *de paiho voou uno fremo d'or*[1] ! répliqua Raymond en voulant la prendre par le col.

1. Un homme de paille vaut une femme d'or.

Bien mal lui en prit. Il sentit soudain la pointe du couteau de Marie. A travers la chemise, le fer lui piquait le ventre à hauteur du nombril, à peu près à l'endroit où entre la lame quand on veut vider un cochon.

— Et toi, dit Marie d'une voix sourde, tu oserais toucher une femme d'or ?

Il vit qu'elle ne plaisantait pas. Il recula. Pas un de ses comparses ne vint à son secours. Leurs regards mauvais mais admiratifs ne quittaient plus le visage fier de la Gasparine. Ils la désiraient plus que jamais et plus que jamais elle leur apparaissait inabordable. A vrai dire, depuis plusieurs jours, ils ne se faisaient plus aucune illusion : là où Vincent Espinet avait échoué, nul ne pouvait réussir. Pourtant il faudrait bien qu'elle prenne mari ou amant un jour.

— Laisse tomber, dit quelqu'un.

Raymond n'avait pas attendu ce conseil ; il était déjà en route pour la buvette de Gus où l'attendait un litron. Il aurait sa revanche. Au bal.

— Allons jouer à la Loterie, dit Marie à Lucie comme si rien ne s'était passé.

Lucie regarda son amie avec un respect mêlé de crainte. Aucune femme des villages de la Sainte-Baume n'était capable de tenir tête à une vingtaine d'hommes solidaires menés par les cheffaillons locaux. Quelle sorte de révolutionnaire était Marie ? Il était donc possible de faire valoir des droits d'égalité et de liberté lorsqu'on portait une jupe ? Elle s'en trouva ragaillardie et retint la leçon. La vie s'annonçait belle. Et ce fut dès cet instant qu'elle eut la certitude qu'elle monterait à Paris et y réussirait.

— Tu es la plus forte ! dit-elle en déposant un baiser sur la joue de Marie.

Non seulement son amie était la plus forte, mais aussi la plus chanceuse. La loterie consistait à acheter des billets roulés sur eux-mêmes en un fin cylindre, à regarder tourner une énorme roue cliquetante et à comparer le numéro affiché à ceux des billets. Pour trois sous on gagnait presque à tous les coups une babiole qui en valait deux. Marie dérogea à la règle en dépensant dix sous et en enlevant une soupière à cinq francs. Ce n'était pas un objet d'art, mais un ustensile ventru et plein de dorures qui en imposait. A la Sauvagère il aurait sa place au centre de la table. Marie le porta comme un trophée sous les regards envieux.

A présent, il était temps de rentrer. Plusieurs heures de préparation, d'essayage, de maquillage les attendaient et il n'était pas question de sacrifier ce précieux temps. Même pour manger. N'en déplaise à la mère de Lucie qui allait les traiter de rachitiques et de pauvres filles sans cervelle « que pas même un mendiant ne voudrait de vous avec votre peau sur les os ! ». Mais elles tardèrent encore. Contre l'avis de Lucie.

Une nouvelle arrivante s'était emparée de la bascule publique. Celle-là, personne n'irait la chasser de sa position. On la craignait trop. C'était la Gitane d'Aubagne. Une belle femme brune sans âge aux lourds anneaux d'or qui tintaient à ses poignets et à ses chevilles, à la robe chatoyante ourlée d'une bande de pourpre, aux yeux étroits et charbonneux dans lesquels il était facile de se perdre.

Marie s'y perdit quelques secondes et ce fut assez pour la décider à dévier de sa route.

— N'y va pas ! murmura Lucie en la freinant du bras. Ça porte malheur !

— Le malheur, j'y ai déjà goûté. Ça ne me fait pas peur !

La Gitane eut un bref mouvement de tête en signe de bienvenue. Une caisse, apportée par deux hommes de sa tribu qui revendaient des casseroles et des ceintures de leur fabrication, lui servait de table. Elle y avait étalé un morceau de feutre gris sur lequel un paquet de cartes au dos noir attendait d'être coupé.

L'émotion serra la gorge de Marie. C'était la première fois qu'elle consultait une voyante. Elle avait refusé à plusieurs reprises les services amicaux de Magali Giraud. Les choses avaient changé. Elle n'avait plus la même certitude car le firmament au centre duquel brillait son étoile avait changé.

Emotion indéfinissable, où naissait comme un lent mouvement de frissons qui arrivait jusqu'à la racine de ses cheveux. L'avenir était contenu dans les vingt-deux cartes et les mains brunes de la Gitane. Ces mains avaient une sorte d'indépendance. C'étaient des mains de virtuose, rapides, expérimentées, aux doigts primés de grosses bagues d'or qui firent disparaître à une incroyable vitesse les sous que Marie déposa sur le feutre.

— Détends-toi, dit la Gitane.

Marie expira longuement, imitée par Lucie. La fille du forgeron pensait à toutes les histoires qu'on racontait sur les Gitans. Voleurs, « enleveurs » d'enfants, jeteurs de sorts ! Qu'ils fussent de fervents chrétiens ne changeait pas l'image qu'on leur avait collée quelques siècles plus tôt. Là où ils apparaissaient, le diable n'était pas loin. Et Marie allait se confier à l'un d'eux.

Quand son amie coupa l'étrange paquet de cartes, Lucie faillit se signer. Elle étouffa un cri lorsque la première carte fut dévoilée : c'était un diable à tête de bouc assis sur un trône auquel étaient enchaînés une femme et un homme grossièrement dessinés. Quinzième lame du tarot de Marseille, il donna le ton à la consultation. Pendant quelques secondes, Marie ne respira plus. Elle fut prise de détresse. Elle aurait voulu couvrir la figure maléfique qui l'attirait avec une aimantation quasi magique. Elle vit trois des doigts de la main gauche de la Gitane se poser sur le bouc, tandis que la main droite tirait d'autres cartes avec une extraordinaire dextérité.

Soleil, Tour foudroyée, Mort et Pape apportèrent leur part de mystères et de destin. La Gitane ne parlait pas. Elle laissait passer le courant entre elle et les lames ; elle regardait Marie, ou plutôt elle la sondait. La jeune fille eut l'impression d'être palpée par d'invisibles tentacules.

— C'est mauvais ? demanda-t-elle.

— Bien sûr que c'est mauvais ! s'exclama Lucie. T'es aveugle ou quoi ? Le diable, le squelette, et cette tour détruite par l'éclair, ça te suffit pas ? Dieu va nous tomber sur la tête, voilà ce que je dis !

Elle n'avait pas pu s'empêcher de réagir violemment. C'était comme un trop-plein de peur irraisonnée qu'elle déversait. La Gitane n'en parut pas prendre ombrage. Elle contempla calmement Lucie et répondit :

— Pour une petite qui veut réussir à Paris, je te trouve peu courageuse. Des diables, tu en rencontreras beaucoup dans la capitale et même qu'il y en a un qui te guettera à la sortie de la gare de Lyon quand tu débarqueras du train avec ton baluchon et ta valise ficelée. Tu t'en sortiras mais tu y perdras ta virginité.

— Ce sont des bêtises, dit d'un air paniqué la fille du forgeron.

— Des vérités... aussi vraies que la robe verte de princesse que tu vas prêter ce soir à ton amie.

Lucie ferma les yeux. Cette sorcière lisait dans le cerveau. Elle lui volait ses pensées ! Et cette idiote de Marie restait immobile, attendant son tour pour être pillée.

— Mais comme tu ne m'as pas payée, tu n'en sauras pas plus !

— Et moi ? demanda Marie.

— Toi... c'est autre chose.

La voix de la Gitane devint grave. Quelque chose de pesant rida son visage sombre.

— Des hommes et des femmes vont surgir de ton passé... des ennemis mortels... des alliés aussi... Tu cours un grand danger mais ton sauveur n'est pas loin et il est aussi ton amour, dit la Gitane en interrompant la lecture des cartes qu'elle continuait à tirer.

Plissant les yeux, elle tourna la tête dans toutes les directions comme si elle cherchait à percer le secret des maisons et des collines.

— Oui... oui... il est ici.

— Ici ?

— Tu ne le connais pas encore.

— Mais je connais tout le monde sur la Sainte-Baume.

— Pas lui ! Tu le rencontreras ce soir au bal.

— Ce soir !

— Oui... mais surtout ne défie pas les hommes du village... Il y en a un parmi eux qui pourrait te tuer.

— Qui ?

Les cartes furent mélangées, coupées. Le Diable se montra encore. Hélas, la Gitane ne parvint pas à donner d'indices. La méthode ne marchait pas à tous les coups. Elle n'arrivait plus à se projeter dans l'avenir de sa cliente et elle se vit elle-même en danger. Trop de forces opposées et violentes façonnaient le destin de cette jeune fille. Vint le moment où le fil fut rompu.

— Je ne peux t'en dire plus.

Marie fut un peu déçue. Son cœur battait cependant à tout rompre. Ce soir, elle allait rencontrer l'amour. Elle remercia la Gitane et s'en alla au bras de Lucie qui ne cessait de marmonner à l'encontre des gens du voyage, « ces *boumians* [1] menteurs qui

1. Bohémiens.

racontaient n'importe quoi pour se donner de l'importance et prendre les sous des bêtas ».

Quand elles passèrent devant les écuries où s'activaient les employés municipaux, elles ne purent s'empêcher de guincher vers la piste de danse.

Ce soir elles allaient valser.

# 11

Epingle après épingle, la chevelure de Marie se transformait en un savant chignon. Assise face à un miroir ovale que Lucie avait calé sur ses cartons à dentelles, elle ne pouvait détacher son regard de ce double à l'air étonné et anxieux. Elle ne parvenait pas à réaliser que c'était elle. La robe précieuse lui collait à la peau. La mousseline de soie verte paraissait vivante. Elle épousait étroitement les lignes de son corps. Chaque mouvement provoquait une caresse qui la mettait mal à l'aise. Aussi ne bougeait-elle plus, offrant son buste de statue à la papillonnante Lucie qui prenait son rôle de coiffeuse au sérieux en s'inspirant d'un modèle sur le *Petit Echo de la mode*.

Lucie s'appliquait, tirait les mèches qu'elle ramenait en bandes parfaites vers l'arrière. Quand, d'une dernière longue épingle et d'un peigne fantaisie, elle consolida le savant échafaudage, son expression fut à la mesure du résultat. Interloquée, elle contemplait son amie qui semblait sortir des revues de couture auxquelles elle était abonnée. La Marie qu'elle avait sous les yeux ne pouvait vivre à la Sauvagère. Il était même impossible de croire qu'elle y ait vécu, qu'elle arpentait les rudes collines en godasses militaires, qu'elle coursait les sangliers et les chats sauvages, se cassait les ongles sur les racines et coupait du bois avec l'éleveuse de chèvres qu'était sa mère. Elle avait beau détailler le visage de son amie, elle ne lui trouvait aucune ressemblance avec celui de Julia.

— Eh ben, ça alors !

— Qu'est-ce qu'il y a ?... Tu ne me trouves pas bien ? s'inquiéta Marie.

— Pas bien ! Mais peuchère, tu es plus belle qu'une impératrice !

Marie était montée en grade. Elle préférait le titre de princesse. On n'invitait pas une impératrice à danser.

— J'irai pas au bal, dit-elle, se trouvant soudain ridicule.

Elle venait de mesurer l'immense décalage qu'il y aurait entre elle et les Cugéennes les plus en vue. La robe conçue par Adrien Roubaud pour une femme du monde était à la pointe de la mode. Et la mode mettait au moins cinq ans pour conquérir les esprits du coin. Les notables rechignaient à voir leurs épouses libérées des contraintes du corset, des lourdes robes côtelées à cols montants. Le corset tango sans armature apparu il y avait sept ans n'était pas encore adopté. La danse du même nom ne trouvait pas d'adeptes hors des grandes villes.

— Et le docteur Fabre, tu y penses ? dit Lucie. Tu lui as demandé de venir te chercher à huit heures.

— Il ne voudra pas d'une fille déguisée.

— Et ton amoureux ?

— Mon amoureux, tu m'as dit toi-même que c'était une bêtise inventée par la Gitane.

— Peut-être que c'est une bêtise vraie. C'est pas que j'y croie, aux cartes, mais on ne sait jamais. Imagine qu'il soit beau, qu'il ait une belle voiture et qu'il t'emporte loin de ce trou ?

— Il lui faudra d'autres qualités pour que je quitte ce trou qui est ma seule raison de vivre, répondit Marie d'un air rêveur.

Lucie eut le sourire. Son amie irait au bal.

Jean-Baptiste Moraud était radieux. La journée avait été magnifique et riche en enseignements. Ses pas l'avaient porté jusqu'au Paradis, au-delà du dangereux pas de l'Aï, à la pointe extrême de la Sainte-Baume, où la terre touchait le ciel. Du haut de cette étrave haute de mille mètres qui fendait la forêt millénaire des glacières, il avait eu la sensation d'être un dieu antique à l'écoute des murmures humains. Fermes, hameaux, villages étaient autant d'éclats de corail disséminés à portée de ses mains immenses. Et s'il en avait eu le pouvoir, il les aurait cueillis pour en faire un collier. Un bijou digne d'Aphrodite. La déesse habitait ces lieux. Elle lui était apparue dans les ondes de chaleur quelques heures plus tôt avant de disparaître subitement. Il y avait pensé tout au long de son périple et il y pensait encore. Lui, le païen éclairé qui obéissait à la logique, qui avait fait des mathématiques et de la physique ses religions, ne parvenait pas à chasser l'irrationnelle apparition de son esprit.

Elle l'avait poursuivi jusque dans ses calculs et ses notes, qu'il faudrait à présent reprendre. Excellent exercice après dix heures de randonnée. Il regarda ses carnets et la carte d'état-major sur son lit, puis il se dit que cela pouvait bien attendre, qu'il valait mieux célébrer le 14 Juillet et se mêler à la population avant d'avoir une entrevue officielle avec le maire.

Un pétard fit vibrer les cloisons. Jean-Baptiste s'approcha de la fenêtre. Des minots en culottes courtes s'enfuirent après leur bombardement. Le but avait été de souffler une toile d'araignée et quelques lilas. Il respira l'odeur de poudre et celle des fleurs ; étrange mélange où il trouva un relais pour poursuivre ses songes. Là, naissait une pensée. Il ne doutait pas qu'elle fût captive et sentimentale. Elle prit forme, devint silhouette, femme dans la garrigue.

Alors il décida qu'il était temps de défroisser son costume, de sortir une chemise blanche et une cravate. Ce soir, il apparaîtrait au grand bal des écuries.

Alexandre Fabre frappa à la porte des Barthélémy à huit heures moins cinq. Le forgeron, son ami, le reçut comme à l'accoutumée, sortant la bouteille de vin de noix maison et les beaux verres à liserés argentés. Toute la famille, excepté Lucie qui s'était retranchée toute l'après-midi sous son toit avec Marie, le salua, admirative et respectueuse. Le docteur avait revêtu son costume anglais à fines rayures et coiffé son haut-de-forme. Il avait l'air d'un député en tournée électorale. Sa grande taille en imposait ; il dépassait le forgeron d'une demi-tête. Les deux hommes débitèrent les habituelles banalités d'usage, puis la conversation dévia un court instant sur l'incurie du gouvernement Deschanel avant d'aborder le vif d'un sujet qui agaçait Alexandre.

— C'est pas pour dire, mais vous ne devriez pas vous montrer tant avec la petite Gaspari.

— Et pourquoi donc ?

Alexandre avait posé la question en toute connaissance de cause. La réponse, des dizaines de fois entendue sous des formes différentes, ne le surprit pas.

— Sa jeunesse, vos cheveux blancs, ça ne plaît pas aux gens, ça nuit à votre réputation.

— Et comment, que ça nuit ! éructa la tante Barthélémy. Vous auriez la grippe espagnole que ça serait pas pire. Pas plus tard qu'hier au lavoir, j'en ai entendu qui disaient qu'on allait devoir enfermer les filles lors des visites médicales.

— Tais-toi, femme ! tonna le forgeron en tapant du poing sur la table.

— Je fais que répéter ce que j'entends, et on va en entendre ce soir, dit la tante en baissant la voix.

— Excusez-la, docteur, reprit le forgeron. Il faut la comprendre… c'est à cause de la robe que ma tordue de fille a prêtée à Marie.

— Oh, mon Dieu ! souffla madame Barthélémy

dont la poitrine couverte d'un chemisier à dentelle se souleva comme le soufflet de la forge de son époux.

Dans ce « Oh, mon Dieu », il y avait tout le désespoir et le harassement d'une mère. Amélie Barthélémy s'était disputée plus d'une heure avec sa fille au sujet de cette robe qui ne leur appartenait pas, mais cette têtue de Lucie n'avait pas démordu de son idée : Marie devait la porter. Son père s'était heurté au même refus malgré une leçon de morale et de fausses menaces ; il aimait trop Lucie pour la contrarier plus d'un quart d'heure et, quand Marie lui avait finalement donné raison, il s'était récrié, expliquant qu'après tout le luxe devait aussi profiter aux pauvres.

— Quelle robe ? demanda le docteur, intrigué.

— Une robe comme on n'en a jamais vu à Cuges, dit la tante qui ne pouvait se taire. C'est ce fou d'Adrien Roubaud, le couturier d'Auriol, qui l'a confiée à Lucie pour un travail de broderie ; une robe de riche ! Oui, monsieur, ajouta-t-elle en toisant son beau-frère de forgeron qui lui faisait les gros yeux. Même qu'il faudrait être une marquise d'Aubagne pour se montrer avec. Quand je pense que c'est la Gasparine, la fille d'une marchande de fromages de chèvre, des gens qui n'ont même pas l'électricité chez eux, des Italiens qui vivent avec les punaises...

— Vous allez trop loin, dit Alexandre.

L'emportement de la tante cessa net. Elle baissa la tête, confuse et un peu honteuse. Sa jalousie venait d'apparaître au grand jour et elle avait fait de la peine à sa sœur Amélie qui aimait beaucoup Julia et Marie. Elle se dit tout bas qu'à la première heure de la matinée elle irait se confesser au curé Mouriez. Lui seul avait le pouvoir d'effacer le péché qu'elle venait de commettre.

L'apparition de Marie et de Lucie mit définitivement fin à la polémique.

— Incroyable, murmura Alexandre.

Marie Gaspari, sa Marie de la Sauvagère, sa petite élève, semblait sortir d'un livre de contes de fées. Il la disait jolie, il la trouva belle, femme, troublante. On aurait dit qu'elle avait toujours été vêtue ainsi ; elle avait un peu de mal à rester en équilibre sur ses bottines à fins talons. Il regretta de ne pas avoir un appareil photographique pour immortaliser cette image.

Marie s'inquiéta. Elle prenait son silence pour de la réprobation ; elle ne remarquait pas qu'il avait l'œil brillant de fierté. Pinçant sa lèvre avec ses dents, elle s'apprêtait à remonter dans la chambre de Lucie lorsqu'elle entendit :

— Tu es magnifique !

Alexandre était conquis. Il lui offrit son bras. Elle s'y accrocha, tremblante, et ils se mirent en route pour l'épreuve, suivis par Lucie, rayonnante dans sa robe fantaisie beige imprimée de fleurs bleues, et la famille Barthélémy parfumée à l'eau de Cologne.

Jean-Baptiste trouva difficilement une place dans la vaste salle de bal qui pouvait contenir sept cents personnes. Non pas parce que les chaises et les bouts de banc vides manquaient, mais parce qu'on lui faisait comprendre d'un regard sévère qu'il n'était pas le bienvenu autour des tables où se massaient les clans familiaux, sociaux et politiques. Comme il avait connu pire chez les colons d'Afrique et qu'il se complaisait dans le stoïcisme, il s'installa à un guéridon bancal dans le coin le plus reculé des ex-écuries flamboyantes.

La mairie avait vu grand. Sous les poutres, des chapelets d'ampoules pompaient la presque totalité de l'énergie électrique du village. Deux mille petits soleils de toutes les couleurs dardaient leurs rayons entre les drapeaux et les lampions. Ils blessaient les yeux et chauffaient les crânes. Cette élévation de la température – Jean-Baptiste l'estimait à trente-cinq degrés – avait pour conséquence de faire courir les six serveuses et les quatre garçons du comptoir aux gosiers assoiffés. Des bouteilles coincées sous les bras et les plateaux surchargés de verres, ils louvoyaient entre les tables d'où fusaient les remarques désobligeantes et les rires gras. L'un d'eux déposa une bière devant Jean-Baptiste, encaissa deux sous et repartit, suant et haletant, à travers l'arène. On ne s'entendait plus, on ne s'écoutait plus. Le galop des danseurs sur le plancher et la musique tonitruante de l'orchestre amateur dont les trois quarts des membres venaient des fanfares municipales des communes voisines écrasaient le bruit des conversations, les criailleries des enfants et les jurons des vieux médaillés qui ne s'estimaient plus respectés par la jeunesse.

Des couples, des familles arrivaient toujours, des bandes d'enfants suivaient à la queue, des chiens étaient refoulés par le garde qui, sur ordre du maire, comptabilisait discrètement les participants. A peine entrés, ils reconnaissaient leurs pairs et allaient se tasser auprès d'eux. Les plus belles tables et les mieux placées, ni trop près ni trop loin de la piste de danse, étaient réservées aux notables.

Jean-Baptiste remarqua que les paysans évitaient ces dernières et se rendaient naturellement dans des zones reculées. Sitôt installés, ils commandaient vin blanc, mousseux, bière et gnôle tandis que leurs femmes sortaient les mamelles, en fourraient les bouts dans les bouches goulues des petits derniers et se hâtaient de siffler leur premier verre de « champagne ».

En moins d'un quart d'heure, tout ce beau monde tangua. Même les enfants, qui avaient droit à leur petite dose d'alcool. Seules les jeunes filles restaient sobres. Du moins Jean-Baptiste le croyait. Elles attendaient sagement que leurs parents égayés lèvent les interdits et que les garçons de la bande à Raymond ou de celle d'Espinet se décident à les inviter. Il y avait beaucoup de femmes célibataires, des veuves de la Grande Guerre, dignes mais avides de rencontres. Elles ne se faisaient guère d'illusions. Peu d'hommes libres les regardaient. Au mieux, elles pouvaient espérer une aventure sans lendemain.

La jeune fille de la garrigue ne se trouvait pas parmi elles.

« J'ai dû rêver », se dit-il. Il n'en éprouva pas de dépit. Depuis son divorce, les femmes ne jouaient plus de rôle dans sa vie. Ses besoins furtifs et peu fréquents de mâle, il les assouvissait toujours avec le même type de fille, jeune, élancée, la poitrine généreuse et la tête vide ; serveuses de restaurant, vendeuses de chaussures, secrétaires pimpantes, le genre de gibier que la fin de la guerre avait brusquement libéré dans les rues des grandes villes. Les femmes intelligentes et volontaires, il préférait les éviter, ayant peur d'en tomber amoureux. Elles lui rappelaient trop sa grand-mère. Oui, il adorait les femmes indépendantes, les suffragettes, les Marie Curie, les Mata Hari, les Néfertiti, toutes celles qui le mettaient en danger et le remettaient en question. Mais ce n'était pas à Cuges qu'elles chassaient. A trente kilomètres de Marseille, il ne risquait rien. Il en était à ce stade de sa réflexion lorsque se produisit l'événement.

C'était un fait, le bruit venait de diminuer de moitié. Les danseurs lancés en une folle sarabande sur un rythme de gaillarde se figèrent les uns après les autres. Jean-Baptiste crut que le maire allait prononcer un discours. Il fit comme ses voisins, se redressant pour en savoir un peu plus. Tous les regards convergeaient vers l'entrée, où venait d'apparaître la plus belle des créatures.

# 12

Marie n'entendait que son cœur. La vue brouillée par l'excès de sang que le muscle propulsait dans son cerveau, elle ne reconnut pas les gens immobilisés devant elle.

— C'est la Gasparine !

— Pas possible… Elle a hérité.

— C'est le docteur qui a casqué pour la toilette. Elle a su y faire avec ce pauvre Fabre.

— Elle te l'a drogué avec ses plantes. Maintenant elle empoche les dividendes.

Les commentaires allaient bon train. Les danseurs en rangs tassés avançaient leurs gueules rougies vers Marie. Habillée en princesse, elle leur causait une émotion extraordinaire. Ils s'étonnaient : non seulement elle n'était pas ridicule, mais elle donnait l'impression d'avoir toujours vécu dans le luxe et la soie. Espinet, qui s'était avancé pour mieux la reluquer, s'essuya les yeux. Il avait bu plus que de coutume, ayant du mal à digérer son expédition punitive.

— Pas la peine d'enlever les poutignes de tes mirettes ; c'est bien Marie, dit l'un de ses collègues qui s'agrippait à lui. A mon avis, elle a perdu sa fleur pour mériter un cadeau pareil. Ça vaut au moins... plus de trois cents francs, une robe pareille.

— Arrête tes conneries. C'est pas une fille à perdre sa virginité pour des cadeaux ! riposta Espinet qui comptait toujours être celui qui déflorerait la rebelle des collines.

— Ouais, t'en sais quelque chose, toi !

— La ferme, Fernand !

Fernand se tut. Les fureurs de Vincent Espinet tenaient à la fois de celles du taureau blessé et du chien enragé. N'empêche que la Gasparine ne lui avait pas cédé et qu'il était reparti la queue entre les jambes, l'animal.

« Il me la faut ! » se dit une nouvelle fois Vincent. Il n'admettait pas son échec. Une indigestion – il en était persuadé – avait eu raison de son érection. Et à la première occasion il lui donnerait de la bite, du chibre, du vier, du mandrin. Il lui en donnerait jusqu'au trognon, jusqu'à la glotte, jusqu'à ce qu'elle crie grâce. Les images et les mots vulgaires qu'il évoquait le calmèrent. Il alla se rasseoir au milieu des siens et des femmes qu'il avait fait venir d'Aubagne et de Marseille.

— Tu honores la commune, Marie. Et toi, Alexandre, tu as bien de la chance. Venez à notre table, par ici, je vous en prie.

Le maire était venu à la rencontre du couple et des Barthélémy. Il les conduisit vers ses troupes de fidèles. Marie et le docteur saluèrent le notaire qui buvait de l'eau, sa femme pomponnée et poudrée, le curé Mouriez flanqué de deux veuves, les riches propriétaires terriens aux épouses engoncées dans des toilettes vieillottes et le receveur des postes qu'un éclat d'obus avait défiguré.

Quand Marie fut assise, à vingt pas d'elle Jean-Baptiste retomba sur son siège. Il ne vit plus que la nuque fine surmontée du chignon noir au peigne doré à travers le bleuissement des fumées de tabac. Cette impression de déjà-vu le rendit perplexe.

Où ? A Marseille ? A Abidjan ? Il remonta le fil de ses souvenirs, refaisant le parcours professionnel qui l'avait conduit d'une rive à l'autre de l'Afrique et de bals en soirées mondaines. La nature l'avait doté d'une solide mémoire. Sur chaque photographie qu'elle renfermait, il pouvait mettre un nom, une date, une anecdote. Mais sur cette femme de rêve, rien ! Il ne pouvait l'avoir oubliée, à moins qu'elle fût une parfaite idiote, l'une de ces filles de haut fonctionnaire passant son temps à parler à son perroquet et à promener son caniche bouclé dans les rues poussiéreuses d'une ville coloniale, un boy à tout faire à ses basques.

Il en savait quelque chose, il en avait épousé une.

L'inconnue n'appartenait cependant pas à la classe des pimbêches riches et sans cervelle. Le peu qu'il avait aperçu d'elle laissait croire le contraire. Au-delà de la beauté, il y avait la volonté, l'intelligence, la fierté, la soif d'exister. Il l'avait lu sur son visage, où perçait de l'inquiétude.

Il n'eut qu'à tendre l'oreille pour en savoir un peu plus. De tous côtés on ne parlait que de la Gasparine. C'était à celui qui raconterait la meilleure. Un charbonnier de la Flède se lança dans un résumé de la vie des Gaspari et se disputa avec un éleveur de poules de la Fautrière sur des points de détail. Leurs épouses s'en mêlant, il fut bientôt impossible de comprendre quoi que ce soit, surtout qu'ils parlaient à moitié provençal, langue dont Jean-Baptiste avait perdu la maîtrise depuis la mort de sa grand-mère. Un grand plat de saucisses fumantes et deux livres de gâteaux secs garnis de raisins secs apportés par une serveuse les firent tomber d'accord : avec le docteur Fabre, cette pauvresse avait tiré le bon numéro. Il y avait urgence. Leurs estomacs crièrent soudain famine. Ils se jetèrent avant leurs enfants sur cette manne qu'ils déchirèrent et croquèrent à grands coups de dents.

Des loups voraces. Jean-Baptiste les laissa se repaître avant de se présenter. Il voulait en savoir un peu plus sur cette pauvresse habillée en princesse. Lorsque le charbonnier à la barbe broussailleuse rota bruyamment, ce qui fit rire la tablée, il lança son « Bonsoir messieurs dames ».

Les regards suspicieux et les gestes lents, ils se tournèrent vers lui. Depuis des générations, ils venaient invariablement aux messes, aux deux fêtes annuelles du village, s'asseyant aux mêmes endroits, rencontrant les mêmes figures, entendant les mêmes histoires et ils s'en retournaient rassurés entre leurs murs de pierres sèches.

L'homme de la ville qui venait de leur adresser la

parole rompait l'immuabilité de leur train-train quotidien. Ils le jaugèrent : ce n'était pas un maquereau, ni un coureur de jupons... pas l'un de ces grossistes en câpres ou en safran qui saignaient les paysans. A vrai dire, ce petit monsieur habillé sans ostentation inspirait confiance. Ils argumentèrent entre eux quelques secondes sans ouvrir la bouche puis celui qui menait le clan, un homme maigre, la figure sèche parsemée de poils roussâtres, émit une sorte de grognement positif avant de répondre bonsoir. Les autres l'imitèrent aussitôt.

Jean-Baptiste vit les regards s'adoucir. L'étincelle d'intérêt n'allait pas tarder à s'y allumer. Il avait l'habitude. Mille fois, en Afrique, il avait usé de son charme naturel auprès des chefs locaux pour résoudre des problèmes d'intendance. Sans être Jésus, il était foncièrement bon et cette générosité transparaissait sur son visage et dans sa voix. Il se présenta, leur offrit à boire, se renseigna sur la nature du terrain sans trop dévoiler le pourquoi de son installation à Cuges.

Ingénieur, qu'il était. Ingénieur ! Dans leur tête, ce métier avait valeur de titre de noblesse. Ils le placèrent très haut dans la hiérarchie sociale. Au village, le sommet en était couronné par le docteur et le notaire, en dessous on trouvait l'instituteur et le curé. Ce Moraud se situait plus haut, ils ne savaient pas exactement où, mais sûrement pas loin du député et du préfet. Quand il leur apprit que ses ancêtres avaient habité la ferme de la Pipette au-dessus du Brûlat, ils le considérèrent comme un petit-cousin. Ils trinquèrent. Les femmes perdirent leur attitude humble et cette manière gauche qu'elles adoptaient face aux *estrangers*, surtout lorsqu'ils étaient instruits. Elles auraient volontiers dansé avec ce séduisant Jean-Baptiste qui les faisait rêver, mais c'était un désir qu'elles ne pouvaient réaliser sans provoquer un esclandre.

— Et votre dame ne vous a pas suivi, demanda l'une d'entre elles.

— Je ne suis pas marié, répondit-il en évitant de dire qu'il était divorcé, ce qui aurait été une erreur de diplomatie face à des gens qui n'envisageaient la séparation qu'au moment de la mort.

— Vous trouverez peut-être votre bonheur ici, dit l'homme maigre. La moitié des femmes sont veuves et il y a une bonne vingtaine de filles à marier.

— Et celle-ci ? demanda Jean-Baptiste en montrant discrètement Marie.

— Celle-là... hum. C'est pas ce que vous encaperez de mieux. Ne vous fiez pas à son apparence, c'est une moins que rien qui vit à la Sauvagère.

— A la Sauvagère ?

Jean-Baptiste avait repéré cette ferme sur sa carte d'état-major. Il la situa mentalement au-dessus de Riboux et soudain il fit le rapprochement entre la divine créature du bal et l'apparition dans les collines. Ces deux filles ne faisaient qu'une. Il laissa paraître sa stupéfaction.

— Elle s'appelle Marie Gaspari et elle gagne quelques sous en vendant des plantes et des sirops. Sa mère fait du fromage... des pauvres, je vous dis... et ça vient se pavaner avec des robes de mille francs. Bonne mère, c'est à vous dégoûter du 14 Juillet.

— C'est le docteur qui a dû payer ! Il est un peu fada, dit l'une des femmes.

— Comme tous les hommes à cinquante ans, renchérit une autre dont les cheveux filasse perdaient des kilos de pellicules. C'est lui à gauche de la Gasparine, le grand gaillard aux cheveux blancs.

Jean-Baptiste en éprouva de la déception. Elle avait donc un amant. Pendant un bref moment, il s'était imaginé que le destin avait du bon et que son arrivée à Cuges allait s'avérer romanesque, mais ce n'était qu'une chimère de plus. Le destin se fichait bien du bonheur des hommes. Cependant il donna un coup de pouce au jeune ingénieur.

— Et il fait tout ça pour du vent... Y paraît qu'ils ne couchent pas ensemble. C'est à rien y comprendre, dit l'homme maigre.

— Vous voulez dire qu'ils ne sont pas... amants ? demanda Jean-Baptiste.

— Amants ! C'est bon pour les romans, ces histoires de coucheries ! La Gasparine, c'est une vierge guerrière. L'Espinet pourrait vous le dire, lui. Elle a failli lui couper les rognons et le reste. Té ! Je fais le pari avec vous que si vous l'invitez à danser, elle refusera.

— Et qu'est-ce qu'on parie ?

— Une bouteille de mousseux.

— Pari tenu ! s'exclama Jean-Baptiste en tapant dans la paume du paysan.

Marie pointa le bout de sa langue dans le champagne de la coupe. Ça piquait. Du vrai champagne. Une folie voulue par Alexandre. Le docteur avait tenu à régaler la table avec ce qu'il y avait de meilleur. Pour la peine, le patron du café, Roger Darsène, avait été obligé d'ouvrir la cave de son établissement et de ramener trois bouteilles de Krug. On les avait plongées dans une bassine de glace. Pas assez longtemps. Il n'était pas très frais. Mais c'était le roi des vins et la magie opérait. Marie but, laissa se répandre les bulles dans sa bouche et cascader l'or liquide dans sa gorge. Le vin monta en un feu d'artifice dans sa tête.

— Fais un vœu, dit Lucie qui venait elle aussi de boire la première coupe de champagne de sa vie.

Marie ferma les yeux et évoqua l'amour. L'amour, elle désirait le rencontrer demain, ce soir, dans la minute.

— Voulez-vous danser ?

Son cœur bondit. Elle rouvrit les yeux et montra sa déception. Un métayer du Camp se tenait devant elle, l'air contrit. On avait l'impression qu'il venait de traverser un champ de mines.

— Non ! répondit-elle.

Déconfit, il retourna vers les siens, jeunes hommes hilares et célibataires en pleine compétition amoureuse. Un autre, un boutonneux des fours à chaux de Frigoulon, tenta aussi sa chance. Il fut repoussé avec la même sécheresse. D'autres courageux se présentèrent. Plus par défi que par envie. De leur coin respectif, Espinet et Raymond les exhortaient tout bas à la provocation. A un moment, Marie croisa le regard de l'intendant. Tout en ne quittant pas des yeux Marie, Vincent palpait les hanches grasses d'une roulure de Marseille.

Il pâlit subitement. Son terrible visage se contracta. Elle y lut le désir, la haine. Sa bouche remua. Sa compagne se mit à rire en regardant à son tour en direction de la Gasparine. Son visage lourdement fardé ne semblait avoir été modelé que pour mettre en valeur ses lèvres. Ces pulpes retroussées et charnues peintes en rouge vif s'ouvraient sur des dents irrégulières de chiqueuse de tabac, jaunes, tachées, ébréchées. Vincent y glissa sa langue pour un baiser fougueux qui se prolongea sous les vivats de la bande levant haut les verres et les chopes débordant de mousse et de vinasse.

— Ne fais pas attention à eux, dit Alexandre en posant sa main sur la sienne, regarde Lucie, elle au moins ne se soucie de rien.

Lucie dansait la polka. Elle avait trouvé un partenaire acceptable en la personne de Roger Cabrol, un ajusteur de l'arsenal de Toulon, qui était né à deux rues de la sienne. Les joues rouges, Lucie, ravie d'être entre les bras d'un aussi bon cavalier, se laissait griser. Sa robe s'envolait. Toutes les robes s'envolaient, élargissant leurs corolles au-dessus du plancher vibrant. Celle de Marie se froissait sur la paille de la chaise. Ce n'était pas Alexandre qui allait se risquer avec sa protégée sur la piste de danse. Il était incapable d'esquisser plus de trois pas, il n'avait jamais su. Dès ses études à la faculté de médecine, il avait renoncé à apprendre. Il était grand, raide et pataud. Il aurait ridiculisé Marie.

— Je veux du champagne, intima-t-elle en tendant sa coupe.

— Hé, petite, tu vas nous chanter *La Marseillaise*, dit le maire en la servant.

Elle ne répondit pas et but d'un trait. Puis, se tournant vers le receveur des postes, elle lui lança :

— Monsieur Ventre, invitez-moi.

Avant la guerre, Henri Ventre avait été un remarquable danseur. L'obus qui lui avait arraché la joue, l'oreille et brisé les os l'avait relégué à un rôle éternel de spectateur. On évitait de se montrer au bras d'une gueule cassée. Et celle du pauvre Ventre l'était sacrément quand on la voyait de face. Elle aurait trouvé sa place dans une galerie de portraits peints par Jérôme Bosch. Elle paraissait emboutie à la masse d'un chaudronnier, couturée par un charcutier, criblée d'une vérole blanche et luisante.

— Mademoiselle...

— Vous n'êtes pas bon danseur ?

— Certes, mais...

— Alors menez-moi !

Il se décida, les jambes tremblantes. C'était folie, il le savait. Lui qui la plupart du temps se camouflait, portait un grand chapeau de feutre enfoncé jusqu'au ras des sourcils, un foulard autour du cou montant jusqu'aux joues, lui qui recevait les usagers dans la pénombre d'un bureau aux volets fermés, lui qui effrayait les enfants et dégoûtait les femmes, même les prostituées, qu'il payait double, lui le pestiféré de

Cuges allait se retrouver sous les feux des milliers d'ampoules. Il fut saisi d'une angoisse qui lui rappela celle des tranchées au moment de la charge. Alexandre, le maire, les proches la voyaient naître dans ses yeux, le long de ses traits difformes, qui se plissaient en un diabolique effort de volonté.

Puis il y eut le contact. La main de Marie se glissa dans la sienne, le forçant à gagner le cercle des danseurs. Elle était ferme, brûlante, dotée d'un pouvoir extraordinaire, d'une force qui passa en lui et effaça en partie ses craintes. Il put regarder la Gasparine en face et ce qu'il découvrit le remplit de bonheur : elle ne le considérait pas avec pitié, ni horreur, elle n'agissait pas par compassion ou charité, elle voulait simplement un homme pour danser, le meilleur des danseurs de la Sainte-Baume.

# 13

Henri la prit par la taille, battit de la pointe du pied la mesure et s'élança au milieu des couples. A la vue de la belle et de la bête tournoyant sur le plancher des écuries, les conversations changèrent. Le fiel put se répandre. Une bonne moitié des Cugéens et la presque totalité des jeunes se liguèrent pour le déverser. Les propos les plus sales furent échangés. D'abord à voix basse, puis de plus en plus fort, dans une sorte de surenchère de vulgarité et de méchanceté. Heureusement, la musique couvrait tout. Marie et le receveur, unis dans la perfection de leur danse, n'entendaient pas s'écouler cette boue.

Jean-Baptiste l'entendit et il en fut révolté. Autour de lui, on se moquait du héros de la Grande Guerre et de la Gasparine. Son voisin, le charbonnier à la barbe broussailleuse, se mit à son tour à les salir :

— C'est pas beau, ça : l'épouvantail de la poste et la pouilleuse de Riboux.

— Vous devriez avoir honte de vous moquer d'un homme qui s'est sacrifié à Verdun et d'une fille qui soigne les pauvres, répliqua Jean-Baptiste. N'ont-ils pas le droit de s'amuser comme tout le monde ? N'est-ce pas la fête de la liberté, de l'égalité et de la fraternité ? Nom de Dieu ! Soyez loyaux, bons, tolérants ou alors vous serez en contradiction avec tout ce que vos ancêtres ont défendu depuis 1789. J'ai moi-même souffert pour la France pendant dix mois lors de la campagne de Gallipoli contre les Turcs en 1915, avant de la servir autrement et durement en Afrique... Vous êtes en train de me faire regretter cet engagement.

Les paysans l'écoutèrent, les yeux ronds et la bouche bée. Les paroles mirent du temps à traverser leurs cerveaux embrumés d'alcool. Pendant un moment, ils balancèrent entre l'envie de le foutre dehors et la volonté de s'écraser. Ils s'écrasèrent car il parlait comme un chef. Leur gêne, leur malaise, soudain plus forts qu'eux, tirèrent les traits de leurs rudes visages et Jean-Baptiste vit, à leur air de chien battu, qu'ils ne savaient plus comment faire pour s'excuser. Ce n'étaient pas des hommes et des femmes méchants. Jean-Baptiste s'en voulut un peu de les avoir bousculés. Un tout petit peu. A présent, il allait inviter la belle.

Les charbonniers et les éleveurs des collines n'avaient pas la hargne d'un Espinet. Figé sur le banc, l'intendant enrageait de voir la talentueuse démonstration du receveur et de la Gasparine. Pas un mot n'avait franchi ses dents et ses lèvres serrées. Il souffrait de fureur et de frustration et il pinça cruellement le cul de sa compagne de débauche vautrée sur lui. Il avait beau regimber, il ne pouvait pas échapper au poids de cette main étrange qui pesait sur son cœur et sur son ventre. Il avait cette petite salope de la Sauvagère dans la peau. Tous ses copains attendaient un ordre. Le moment semblait bien choisi pour mettre le bordel. Quand ils le virent se lever et entraîner brutalement sa poule en robe moulée dont les franges du décolleté soulignaient la poitrine grasse et humide de sueur, ils se levèrent à leur tour avec les filles ramenées par Vincent.

— Nous aussi, on sait danser ! lança Espinet sur un ton grinçant qui ne trompa pas la bande.

On allait s'amuser.

Ils entrèrent en piste comme une horde de chevaux sauvages, martelant les planches avec frénésie. Salomon, l'accordéoniste qui, depuis l'altercation de l'entrepôt aux câpres, était surnommé « Vinaigre », les salua d'un accord hors partition, désorientant les autres musiciens. Vincent se servit de sa large dondon comme d'un char d'assaut, bousculant deux ou trois couples pour se rapprocher de la Gasparine et de son guignol de postier.

Perdue au centre des cent cinquante personnes emportées par la polka, Marie ne les avait pas vus venir. Cependant, elle pressentit la menace, sa forme vague, le lent enveloppement de la bande comme un brouillard aux vapeurs pernicieuses. Henri la conduisait merveilleusement. Entre ses bras, elle se faisait souple, volait tel un oiseau rare au plumage vert. De son chignon, s'échappaient de longues mèches qui fouettaient l'air. Sa bouche s'ouvrait sur un rire muet.

Ses yeux brillaient et les perles de sueur coulaient le long de son visage, le long du cou, des bras, des seins, du ventre. Elle ressemblait à une princesse barbare régnant sur une cour de fous. Ce fut à cette image que Jean-Baptiste la compara en l'observant du bord de la piste. Avant de serrer les poings.

Le receveur des postes ne parvint pas à maintenir cette perfection qui l'avait transcendé aux yeux de ses amis. En quelques secondes, il perdit toute confiance et ne sut plus mener sa cavalière. Autour de lui, les serpents crachaient leur venin :

— Faut pas être dégoûtée pour se coller avec un cadavre ambulant.

— Tu devrais l'embrasser ! Y a peut-être du pus dans sa bouche.

— Alors, face de rat, tu as trouvé ta fiancée.

— Vaut mieux le voir de profil, le colleur de timbres !

Il en partait de tous les côtés. Tout en lançant ses injures, la bande élargissait l'espace en repoussant les autres danseurs. Et la colère montait. Elle monta aussi dans la poitrine de Marie. Ne voulant pas répondre à la provocation, elle essaya pendant un moment de prendre le commandement de leur couple, mais c'était impossible. Henri abandonnait. Il n'avait pas plus de consistance qu'une poupée de son.

— Et dire qu'elle fait sa mijaurée quand on la courtise... Nous au moins, on est entiers !

— C'est comme ça, mes amis, elle préfère caresser les tronches pourries, ce doit être une coutume en Italie de perdre sa fleur avec des monstres.

Espinet avait eu le mot de la fin. Il projeta son Aubagnaise sur le receveur des postes qui désirait quitter les lieux. Les grosses fesses le tamponnèrent et il lâcha Marie. Cette dernière se rua sur Espinet et l'attrapa par l'épaule, le forçant à l'immobilité.

— Qu'est-ce qu'elle cherche, celle-là ? dit la cavalière de l'intendant.

— Toi, la pute, tu la fermes ! répliqua Marie.

La femme, qui pourtant en avait connu d'autres, se tut. Le regard de cette Gasparine était porteur de tempête et de mort. Elle préféra reculer.

— Tu améliores ton vocabulaire à ce que je vois, dit Espinet.

— Que me veux-tu ?

— Moi... rien... répondit-il en jouant l'innocent.

— Et vous, vous ne voulez rien non plus ! cria-t-elle en pointant son doigt sur le ramassis des complices de l'intendant. Alors, les beaux merles, on a perdu la langue. Ce n'est pas moi que vous voulez, que vous poursuivez chaque jour que fait Dieu ! J'avais pas encore de poitrine que déjà vous me guettiez comme des loups affamés. Cela fait des années que je subis vos vexations, des années que j'endure vos regards, des années que vous rêvez de me prendre au coin d'un bois. Vous êtes des bêtes et je plains celles qui vous diront oui le jour du mariage.

Les gaillards grognèrent. Ils remuèrent des épaules comme des lutteurs avant l'empoignade, mais pas un ne fit un pas, n'ouvrit sa gueule. La Gasparine les maintenait à distance par sa seule volonté et la force de sa voix. L'orchestre s'était arrêté de jouer, les

Cugéens retenaient leur souffle, le docteur Fabre venait de rejoindre le cercle et Jean-Baptiste avait toujours les poings serrés.

— Si vous étiez des hommes, vous porteriez en triomphe Henri sur vos épaules. Lui a mérité de la patrie, il n'était pas embusqué à l'arrière quand tonnait le canon, pas comme certains planqués à Chibron, ajouta-t-elle en regardant à nouveau Espinet.

— Tu ferais mieux de la fermer, grogna-t-il tout bas en jetant des coups d'œil sur les côtés.

— Je la fermerai quand tu prouveras que tu es un homme.

— Connasse...

— Et c'est bon aussi pour les autres ! Si l'un de vous démontre qu'il est plus fort qu'une faible femme, je lui appartiendrai.

— Et comment ? demanda Raymond en entrant aussi dans le cercle brûlant.

Emportée par sa colère, Marie ne prit pas le temps de réfléchir. L'aurait-elle fait, qu'elle se serait tue dès le départ, mais le sang l'aveuglait, le champagne la rendait téméraire. Elle lança un incroyable défi à la ronde :

— J'appartiendrai à celui qui me rejoindra à la course avant d'atteindre la glacière de Pivaut.

Une grande rumeur suivit ces paroles jetées à la face des prétendants éméchés. On se bouscula pour contempler la Gasparine qui, les mains sur les hanches, toisait Espinet. Jean-Baptiste ne comprenait pas exactement de quoi il s'agissait. Il semblait que c'était une vieille coutume. En fait, la course à la gueuse appartenait à un épisode tragique de la Sainte-Baume, lorsque les hommes du Moyen Age décidèrent de se venger des femmes de la cour d'amour de Signes qui durant deux siècles avaient dicté leurs lois, obligeant chevaliers, clercs et paysans à se soumettre aux règles strictes du code d'amour. Trois d'entre elles, au moment de la grande peste, furent accusées de commerce avec le diable avant d'être pourchassées et violées dans la forêt d'Agnis.

Jean-Baptiste voyait simplement que la jeune fille allait être la proie de ces brutes. Et il ne pouvait rien tenter pour la sortir de ce pétrin. Il était l'*estranger*. Autant dire rien du tout. Sans poids. Sans autorité. Comment la sauver ? Le protecteur de Marie semblait dépassé par les événements. Le docteur Fabre était assommé. Lui seul savait qu'on ne pouvait aller à l'encontre des décisions et des folies de la Gasparine.

— La glacière de Pivaut, mais c'est au bout du monde ! s'exclama un homme.

— Et comment on va procéder ? demanda un autre.

— Il appartiendra au curé et au notaire de fixer les règles de la course, répondit Espinet qui voyait enfin l'occasion de mettre un terme à son obsédant désir. Nous donnerons... à ce beau gibier mille pas d'avance, voilà ma première proposition.

Robert Mouriez et le notaire se récrièrent. L'un clama que c'était faire offense à Dieu ; l'autre argua qu'on risquait un procès. Des huées et des sifflets leur répondirent et ils furent contraints d'accepter la décision populaire : ils seraient tous deux les juges arbitres de ce jeu stupide.

Jean-Baptiste en arriva à l'inéluctable conclusion : il devait participer à cette chasse. C'était le seul moyen de préserver la jeune fille. Mû par son esprit chevaleresque et remonté contre les braillards qui trinquaient, il claqua des mains et cria :

— Une valse !

— Oui, une valse ! renchérirent en chœur plusieurs personnes.

Les musiciens finirent de boire, se concertèrent, se mouillèrent les doigts de salive et attaquèrent leur valse fétiche : une adaptation du *Beau Danube bleu* façon fanfare.

Marie était encore sous le choc de l'altercation et elle commençait à réaliser les conséquences de son emportement lorsque l'inconnu s'inclina devant elle et demanda :

— Me ferez-vous l'honneur de cette valse ?

Elle acquiesça sans hésiter. D'autant plus que cette coquine de Lucie lui fit de loin le geste de tirer les cartes. Et si ce qu'avait dit la Gitane s'avérait juste ? Elle fut toutefois surprise par le personnage. Il était à peine plus grand qu'elle, pas très beau, mais respirant l'intelligence, la franchise et le courage. Il avait un regard magnétique, d'un outremer pailleté de gris, un regard de meneur d'hommes, un regard dans lequel il faisait bon se perdre.

Il l'emmena vers le centre de la piste, commença à la guider lentement ; puis, quand ils eurent pris la mesure l'un de l'autre, adaptant leurs corps et leurs tempéraments, il la conduisit peu à peu vers l'extérieur et ils allèrent de plus en plus vite.

Ils tournèrent ; ils tournèrent à en perdre la tête et la notion du temps. Autour d'eux, tout tourbillonnait, les ampoules, les drapeaux, les tables, les visages. Ils en effaçaient les contours, s'isolant les yeux dans les yeux, n'appartenant qu'à la valse. Aux trois valses qui les emmenèrent, haletants et ivres, jusqu'à l'illusion qu'ils ne faisaient plus qu'un.

Le dernier pleur d'un violon mit fin à leur rêve et la valse céda sa place à la farandole classique.

— Jean-Baptiste Moraud, dit-il en se séparant d'elle. Fraîchement arrivé à Cuges et comblé dès le premier soir : vous êtes une merveilleuse cavalière.

— Merci... Marie Gaspari... Vous êtes de passage ?

— Non, je suis en mission à Cuges pour longtemps et peut-être pour plus de temps que je croyais, répondit-il en souriant.

— En mission, vous êtes militaire ?

— Non, dit-il. Je suis ingénieur. Les routes, les ponts, les chemins de fer, voilà mon domaine.

— Ah, souffla-t-elle, impressionnée par l'importance du métier.

— Vous reverrai-je ? Je voudrais tant vous connaître un peu mieux. On ne rencontre pas souvent des êtres tels que vous, des femmes capables de tenir tête à des meutes d'hommes enragés.

En l'entendant, Marie ressentit aussitôt un bien-être. Ce fut comme si son avenir s'éclairait. Mais elle se retint. Elle ne voulait pas donner prise à un sentiment naissant. Et elle n'était pas dupe : ce garçon avait l'art et l'expérience de la séduction. Elle redressa ses barrières.

— Je ne sais pas.

Dans une sorte d'automatisme, elle pensa : « *Quand vous calegnoun, vous proumettount proun, quand vous tennout, vous dounoun doou bastoun*[1]. »

— Alors nous laisserons le hasard agir, répondit-il en choisissant de se retirer… Et encore merci pour ces valses.

Après deux petites inclinaisons du buste – l'une pour Marie, l'autre pour la table du maire –, qui détonnèrent au milieu de l'ambiance, il s'en alla sous les regards intrigués.

Marie eut à peine le temps de soupirer ; Lucie se jeta sur elle. Avide d'en savoir plus, elle lança :

— Alors ?

— Il s'appelle Jean-Baptiste, répondit Marie qui ne quittait pas des yeux la sortie par laquelle son « prince » venait de se fondre dans la nuit.

— Qu'est-ce qu'il danse bien !

— Il est ingénieur.

— Ingénieur !

Le mot magique fit entrer Lucie dans le conte de fées de son amie. Ce titre n'entrait pas dans la catégorie courante de ceux qui faisaient rêver les jeunes filles du village. Elles parlaient d'épouser des

1. Quand on vous courtise, on vous promet beaucoup, quand on vous tient, on vous donne du bâton.

fonctionnaires, des militaires, des commerçants, au mieux un chef de bureau, un instituteur, un lieutenant ou un mercier, toujours des hommes qui leur permettraient de s'arracher à la campagne. Prononcer « ingénieur », c'était comme donner le mot de passe qui ouvrait les portes du monde moderne. On n'avait jamais vu d'ingénieur à Cuges. On savait encore moins combien ça pouvait gagner de sous. Sûrement assez pour vivre dans un appartement chic à Marseille et acheter un cabanon à Cassis.

— Il a de la famille au village ? demanda Lucie en émergeant de ses pensées.

— Non, il va vivre ici quelque temps pour faire des plans de routes, de ponts et de rails.

— Ici ? s'écria Lucie.

Ici... des routes, des ponts et des rails ! C'en était trop. On ne digérait pas facilement pareille nouvelle. Lucie en fut rouge d'excitation. Son amie avait décroché la lune.

— Et tu le revois quand ?

— Je... Je n'ai pas voulu donner de rendez-vous.

— Peuchère, nous voilà bien campées ! Toi au moins, on peut dire que tu n'es pas intéressée.

— Il ne faut pas précipiter les choses.

— Et avec Espinet et les autres morts de faim, tu ne les as pas précipitées peut-être ? Comment tu vas t'en sortir sur la Sainte-Baume quand tu les auras à tes trousses. Ce sont tous des chasseurs et des braconniers !

— Ils ne m'auront pas, la montagne me protège.

— Alors tu ferais mieux d'expliquer cette

protection au curé et au notaire, dit Lucie en désignant les deux hommes dont les regards furibonds croisèrent le sien... Et à ton docteur. Il en est tout retourné, le pauvre homme.

Marie haussa les épaules. Elle n'avait rien à expliquer, rien à justifier. Pas même à Alexandre qui n'avait pas su la défendre. Elle continuait à danser avec Jean-Baptiste. Lui saurait la défendre et l'aimer. Elle dansait dans sa tête à en mourir, se disant qu'elle allait aider le hasard dans les jours à venir.

Jean-Baptiste prit la route toute droite qui menait à l'auberge. La lune argentait les barres du Castelet au-dessus des toits du village. Pas un souffle ne passait entre les rues silencieuses. Ses pas avaient une sonorité dure mais ils battaient moins vite le sol que son cœur sur ses côtes. « Serais-je tombé amoureux ? » Il renversa sa tête et contempla les étoiles. Il n'y avait pas de réponse, dans tout le vaste univers, à sa question. Le zodiaque était muet et pourtant Jean-Baptiste était à proximité d'un bonheur dont il ne voulait pas prononcer le nom.

Mais il était aussi à proximité d'un danger bien réel. Depuis la sortie du bal, des ombres le suivaient. Il en prit conscience au moment où elles se mirent à le cerner. Elles se détachèrent en traits noirs sur les murs clairs qu'elles longeaient. Elles étaient quatre.

— Si t'es venu voler nos femmes, t'as pas choisi la bonne adresse ! cria l'une d'elles.

Jean-Baptiste avait connu pire sur les chantiers africains où les machettes et les pioches servaient d'armes lors des révoltes. Il en avait encore des cicatrices sur la poitrine. D'un bond, il évita la première charge. Au passage son poing s'abattit sur la tête de l'un des agresseurs. Celui-ci tomba à genoux. Le coup et l'alcool cumulés le mirent hors d'état de se relever.

Les trois restant ne valaient pas mieux. Ils étaient sous hautes doses de vin, les cerveaux embrumés et les gestes embrouillés. Dix minutes plus tôt, ils avaient joué les matamores devant Espinet, promettant de castagner l'inconnu et de le balancer sur un tas de fumier, histoire de lui rappeler qu'il n'était plus à la ville. A présent, ils ne parvenaient pas à se saisir de lui. Cette ordure était vive comme une anguille. Chaque fois qu'ils s'en approchaient, il s'échappait, décochant ses coups vicieux.

Et il avait le poing dur ! Un second, puis un troisième justicier l'apprirent à leurs dépens. L'un pissa le sang par le nez et l'autre eut la respiration coupée par un direct au foie.

— Bordille ! je vais te tordre le cou ! cria le dernier qui tanguait de droite à gauche en écartant les bras.

Jean-Baptiste était dos au mur, entre deux fenêtres aux rebords décorés de pots. Le balèze bougeait comme un goal dans sa cage mais il ne put arrêter le pot de pistou que l'ingénieur lui lança à la tête. Assommé, il s'effondra.

Jean-Baptiste épousseta les revers de son veston. Décidément, il aimait ce village. Il allait y avoir matière à se dégourdir les membres et à s'emplir le cœur. Délaissant les ombres geignant, il repartit gaiement vers l'auberge en sifflant *Jamais en colère*, air chanté par Maurice Chevalier. « J'possède un caractère angélique », disait la chanson. Il allait leur montrer ce qu'était un ange vengeur. Dès demain, il irait voir le curé pour faire part de sa candidature à la course, puis le maire afin d'officialiser sa venue.

# 14

Quatre jours plus tard, une voisine de Riboux qui venait chercher du fromage leur apprit la mauvaise nouvelle : on avait retrouvé la vieille Angèle Aubert au fond d'un puits.

Marie et Julia en demeurèrent saisies, sans pouvoir demander d'autres explications, avec toutes leurs angoisses réveillées. Rien ne venait modifier l'ordre monotone de leur existence, car aucun événement ne les touchait en dehors des caprices du temps. Rien depuis la mort brutale du père. On disparaissait toujours dans la violence sur ces hauteurs. La montagne prenait sa part, disait-on en se signant et en brûlant des cierges dans les chapelles. Charbonniers, glaciers, bûcherons, bergers, moines, cadiers, nombreux avaient été ceux qu'elle avait dévorés ces cinquante dernières années.

Quand la voisine repartit, Marie se mit à pleurer. Ce chagrin étonna Julia. Sa fille était bizarre depuis quelque temps.

— Allez, allez, calme-toi, tu la connaissais à peine, cette Angèle.

— C'est pas à cause d'elle, maman.

— Mais pourquoi tu pleures alors ?

— Pour rien... c'est la fatigue.

— Je vais te préparer un remontant, dit Julia en embrassant sa fille.

Marie resta prostrée sur son coin de table, observant sa mère qui allait et venait dans la cuisine, puisant des feuilles d'aspérule odorante et de jusquiame noire dans les boîtes de fer rangées sur les étagères. La mort de la brave Angèle avait été le chagrin de trop.

Elle ne pouvait lui dévoiler les raisons de ses nuits blanches. Elle ne pouvait pas lui dire : « Maman, demain, je vais être l'enjeu d'une chasse » et encore : « Maman, je suis amoureuse d'un inconnu. »

Un long soupir la fit renifler. Son ingénieur ne s'était pas montré sur les chemins. Hier encore, elle s'était rendue discrètement jusqu'à la chapelle Saint-Antoine qui dominait le village, dans l'espoir de l'apercevoir. Il était demeuré invisible. Elle avait pourtant scruté les rues et la route, les fermes et les champs, compté les heures à la cloche du campanile ; elle s'était même adressée à la Vierge. Et elle était repartie vers la Sauvagère sans se pencher pour cueillir les pieds d'Alon et les herbes à punaises dont elle avait grand besoin pour ses potions.

— Tiens, bois, dit Julia en déposant un bol fumant sur la table. Et ne fais pas ta dégoûtée !

Elle but. L'amertume de l'aspérule et la pourriture

de la jusquiame la firent grimacer. Sa mère, comme d'habitude, n'avait pas respecté le temps d'ébullition. Elle n'attendit pas longtemps. Le mélange détonant chassa ses angoisses en moins d'une demi-heure. Son esprit retrouva toute sa clarté. Elle allait mettre sa science des plantes au service de la course. Ses prétendants auraient du fil à retordre.

Le ciel, au-dessus des toits, s'éclaircissait. Il passa du violet au pourpre sur la poupe de l'église lorsque, un à un, les hommes se réunirent devant le parvis. Là les attendait, non pas le curé, mais le notaire, petites lunettes rondes pinçant le nez et montre à la main. Le clerc, le maire, le docteur et une bonne centaine de personnes se tenaient derrière lui. Il n'avait toujours pas décoléré et épinglait mentalement d'un « Salopard » chaque concurrent qui prenait place sur la ligne de départ.

Espinet arriva avec ses chiens, deux labradors noirs qui vinrent renifler les chaussures du notaire. Un bûcheron et un vigneron le suivaient de près. Raymond, le fils du maire, à la grande honte de son père, s'aligna à son tour, tenant en laisse un bull-terrier, boule de muscles qui pointait déjà son museau vers la Sainte-Baume. D'autres se présentèrent. En tout, ils furent onze. Le départ était prévu à six heures trente. Jean-Baptiste apparut à six heures vingt et une. Il fut le douzième apôtre de la violence.

— J'en suis ! lança-t-il au notaire.

Tous les regards se tournèrent vers lui. Le maire,

qui l'avait reçu trois jours plus tôt, en resta estomaqué.

— Vous !

— Oui, moi, Jean-Baptiste Moraud, ajouta-t-il en serrant la main moite du notaire. J'ai l'intention de sauver cette fille, dit-il assez haut pour que tout le monde l'entende.

Il y eut des ricanements. Ses adversaires se tordaient les côtes. Un homme de la ville, même habillé comme il l'était – pantalon de toile, chemise de coton et chaussures de sport –, n'avait aucune chance de rivaliser avec eux. Ça n'avait pas de poumons, ce genre de petit monsieur à la tête farcie de chiffres, pas de jambes, sauf pour la valse, pas le sens de l'orientation. A la première pente, on le verrait vomir ses tripes.

— Le docteur devrait vous accompagner, dit Espinet.

Les rires se propagèrent. Tous l'imaginaient déjà sur un brancard. Le docteur s'approcha de Jean-Baptiste.

— C'est tout à votre honneur, monsieur, mais il vaudrait mieux que vous renonciez à cette folie. Même parmi ces guignols, il va y avoir de la casse. Je crains qu'ils n'aient pas mesuré la difficulté de l'épreuve voulue par la Gasparine. Marie a des atouts qu'ils ne soupçonnent pas. Elle va les entraîner dans des endroits inaccessibles, mortels.

— J'ai moi-même quelques atouts, cher monsieur. Croyez-vous que je sois homme à me lancer dans une aventure sans en calculer le pourcentage de réussite ?

— Alors sauvez-la, répondit Alexandre qui venait de prendre la mesure de son interlocuteur.

Fabre recula d'un pas. A ses yeux, Jean-Baptiste n'était plus « le petit monsieur de la ville », mais une sorte de prédateur dont il devinait l'instinct félin et l'endurance. En cela, il ne se trompait pas. Jean-Baptiste avait couru la brousse pieds nus avec des indigènes increvables lors de chasses aux lions et aux gazelles, couru sur les hauts plateaux brûlants d'Ethiopie, couru dans des jungles humides, couru par plaisir et par respect pour les guerriers qui lui faisaient partager les secrets de leurs territoires.

Trois minutes avant le départ, le notaire rappela aux concurrents que le gagnant devait ramener le foulard rouge que la Gasparine portait au cou, avant que cette dernière atteignît la glacière de Pivaut où le garde était monté la veille. Il leur rappela aussi qu'aucun d'eux ne devait user de violence.

— Vu que, ajouta-t-il, conformément au règlement, elle devra se présenter d'elle-même la semaine prochaine chez le gagnant. Quant aux perdants, ils devront verser cent francs à l'association des handicapés de guerre à Marseille par le biais de monsieur le receveur des postes.

— Et si elle ne respecte pas la règle ? demanda Raymond.

Le notaire haussa les épaules. Ils interprétèrent ce geste à leur manière, c'est-à-dire : « Alors, vous pourrez en faire ce que vous voudrez. »

Les chiens aboyaient. Le soleil gagnait du terrain. La foule grossissait. Les cueilleuses de câpres s'étaient massées le long de la route poudreuse qui grimpait vers Cros-Reynier, retardant l'heure de l'embauche. Le notaire regardait courir la fine aiguille des secondes.

Sur le cadran cerclé d'argent, l'aiguille tournait inexorablement. Elle semblait fasciner Robert Mouriez qui était assis sur un rocher du vallon de la Madeleine. La Gasparine se tenait à quelques pas de lui, droite, vêtue d'un vieil uniforme de bidasse trop large. Un foulard rouge tranchait son cou. Il n'osait plus la regarder. Trop de choses lui étaient passées par la tête. Des tentations, le genre d'images qui vous coûtait mille ans de purgatoire. Et il n'était pas saint Antoine. On l'avait à l'œil, en haut, depuis son premier péché de chair dans un champ de safran. En quatorze ans de sacerdoce, la liste s'était allongée au point qu'il passait beaucoup de temps en actes de contrition et en pénitences après ses confessions au curé de Gémenos.

« Maudit tic-tac », se dit-il. Il aurait préféré briser cette montre et jeter sa soutane aux orties. Il en voulut à ses parents de l'avoir envoyé au petit séminaire pour le salut de la famille et conformément à la tradition qui voulait qu'un cadet entre dans les ordres. Civil, il serait en ce moment même sur la ligne de départ, mille pas plus bas. Mais il était prêtre et devait en théorie se conformer aux six commandements de l'Eglise qui faisaient de lui un légume, de l'Epiphanie à Noël.

Piètre consolation : aucun des rustres du village

n'arracherait aujourd'hui le foulard du cou de la Gasparine. Elle était trop forte. Dieu et le diable étaient de son côté. Il la contempla à nouveau. Elle était tendue vers son but. Son profil de vierge guerrière rendu plus dur par l'unique tresse dans laquelle elle avait emprisonné ses cheveux semblait taillé dans un marbre patiné.

Marie ne quittait plus des yeux la colline de Nivaillon. Elle allait grimper par le raidillon, première épreuve pour les poursuivants, et traverser les terres de la bastide des Cyprès. Deux ruines suivaient : Siblettes et Féraud, cabanons envahis de ronces. Au-delà il y avait le dangereux chemin serpentant le long du flanc sud de la Sainte-Baume au-dessus de Riboux. Les affamés devraient faire preuve de courage car elle avait l'intention d'escalader la falaise au niveau du puits de Brancaille.

— Pars ! lui cria soudain le curé.

Elle s'élança d'un pas rapide, évitant de courir. Le premier dénivelé était aussi haut que la tour Eiffel.

Mouriez se mit à prier. Il avait triché pour la bonne cause en la laissant partir deux minutes plus tôt. Le Seigneur lui en serait reconnaissant.

Pour ne pas perdre la face devant la foule rassemblée, les concurrents chargèrent tels des hussards sur le large chemin qui conduisait au vallon de la Madeleine. Jean-Baptiste suivit le mouvement, pestant contre ces braillards qui se croyaient aux jeux Olympiques. Les chiens emportèrent les maîtres. La chasse commença.

Dès qu'ils furent masqués par les pins, la moitié des hommes ralentit. Espinet et Jean-Baptiste furent de ceux-là. La journée s'annonçait longue et difficile, et il était inutile d'user ses forces dès la première demi-heure. Ils laissèrent partir Raymond qui ne faisait qu'un avec son bull, le bûcheron et quatre autres gars qui n'avaient pas de chien. Lorsqu'ils parvinrent au rocher sur lequel Mouriez priait, ils aperçurent Raymond loin devant, fonçant vers la plaine des Espèces.

— A ce rythme, vous ne la rattraperez jamais, dit le curé. Elle doit être déjà au château des Espèces.

C'était un gros mensonge. Il les orientait vers le levant alors que Marie marchait au nord. Espinet le sonda d'un drôle de regard en caressant ses labradors.

— Ce n'est pas bien de mentir, curé, laissa-t-il tomber avant de s'engager sur le raidillon de Nivaillon.

Il fut aussitôt suivi par Jean-Baptiste et les autres. Dépité, Mouriez les regarda peiner pendant longtemps. Quand ils disparurent derrière le rebord rocheux, il se remit à prier.

Les pans de mur n'abritaient plus que des lézards. Ils s'enfuirent à l'approche de Marie. Elle connaissait bien ces ruines. Il y poussait des épines du Christ dont elle utilisait les feuilles contre les affections catarrhales et la diarrhée. Ces paliures drapaient les pierres usées de leurs rameaux à fleurs jaunes ; des araignées tissaient leurs toiles entre les épines, piégeant les insectes ivres de suc et les rayons du soleil ; de doux fantômes hantaient encore les lieux, et habituellement la jeune fille se plaisait en leur compagnie. Aujourd'hui, elle n'essaierait pas de reconstituer la vie de ceux qui vivaient autrefois dans cet endroit, elle n'entendrait pas les échos de leurs rires et de leurs pleurs, le chuchotis des amants dans les alcôves effondrées. Son cœur battait trop vite. Il battait le rappel de ses peurs et de ses angoisses. Il cognait plus fort à chaque aboiement.

Marie écouta les chiens et se mordit la lèvre. Ils étaient sur le chemin du Nivaillon et n'avaient pas gagné de terrain. Une sueur brûlante coulait sur son visage. Se maîtrisant, elle s'essuya le front et les yeux avant de décrocher le sac de ses épaules. Les préparations de la veille y étaient rangées et pliées dans du papier journal. Elle prit un paquet, l'ouvrit. Il contenait des boulettes de viande mélangée à une variété d'amanite, de la purée d'orpin brûlant et du fenouil de porc. L'odeur soufrée qui s'en dégageait la conforta. C'était un signe d'efficacité. En les reniflant, les chiens perdraient l'odorat et, s'ils les avalaient, bien qu'ayant diminué les doses, elle ne répondait pas de leur survie. Il fallait cent cinquante grammes de suc frais d'orpin pour tuer un chien. Elle en déposa devant l'entrée de la ruine et sur l'arrière, à l'amorce du chemin qui franchissait la première crête.

Cette opération la calma. La pompe de son cœur faiblit et d'autres bruits lui parvinrent aux oreilles : un second groupe de poursuivants se trouvait vers le château des Espèces. Leurs chiens avaient perdu sa piste. Elle ne chercha pas à comprendre pourquoi ils étaient là-bas. Leur présence en un point aussi inattendu lui compliquait la tâche. A partir du château et jusqu'à Riboux, le terrain n'offrait pas de difficulté. Ceux qui fouinaient là-bas pouvaient la devancer et lui couper la route qui menait sur les hauteurs. Elle allait devoir courir à en crever, aussi vite qu'en 1913, lorsqu'un feu attisé par le mistral lui avait galopé aux fesses sur le plateau de Siou-Blanc.

Comme pour mesurer l'impossible exploit à accomplir, elle contempla la Sainte-Baume pendant un court instant et partit au trot.

Espinet et Jean-Baptiste arrivèrent en même temps devant la ruine dix minutes plus tard. Les autres peinaient à trois cents mètres à l'arrière, les yeux exorbités et les poumons en feu. Espinet dut lâcher les chiens. Attirées par les traces fraîches de la Gasparine, les braves bêtes coururent entre les monceaux de pierres écroulés.

— Ils sentent sa sueur ! dit fièrement l'intendant. Elle a dû reprendre son souffle ici.

Il regarda l'ingénieur avec circonspection. Ce petit monsieur cachait bien son jeu. Il ne l'aurait jamais cru capable de grimper sans défaillir le Nivaillon. Coquin de sort ! Non seulement il ne tirait pas la langue, mais il paraissait peu éprouvé par la grimpette. De mauvaises pensées l'agitèrent.

« Un accident, ça peut vite arriver, la montagne est farcie de gouffres et de précipices... Ouais, une bonne poussette dans les reins, un malheureux coup d'épaule et on n'en parle plus, de ce prétendant d'opérette. »

Jean-Baptiste était tout aussi surpris qu'Espinet.

Ce bringueur était d'une résistance et d'un pouvoir de récupération hors normes. On devinait ses muscles noueux sous les vêtements de chasse, un corps tout en nerfs sur de solides os. L'énergie et la haine sourdaient de son regard strié de rouges filaments. Il s'opacifia lorsqu'il vit les chiens trembler sur leurs pattes. Quelque chose n'allait pas. Titus, le plus âgé des deux labradors, se coucha sur le côté.

— Nom de Dieu ! cria Vincent.

Il se précipita sur l'animal. La gueule pleine de bave, Titus se mit à glapir dès que les mains du maître le palpèrent. A cet instant, les quatre autres poursuivants hors d'haleine s'affalèrent au milieu des paliures et des débris. Ils s'en éloignèrent quand Espinet hurla :

— La sale pute !

Il venait de trouver une boulette à l'odeur soufrée et il la lança vers la Sainte-Baume.

— Elle les a empoisonnés ! Sont plus bons à rien... Mon Titus, mon Niger... La pute, la pute, la putain de pute ! Elle va le payer ! Oh oui, elle va le payer !

Il se tourna vers les hommes épuisés, marcha vers le plus proche et le souleva par le col.

— Toi et Michel, vous allez ramener mes chiens au village et les faire soigner par la cousine Reine, y a qu'elle qui s'y connaît aux bêtes !

— Mais...

— Ferme-la, t'es plus dans le coup, Michel non plus ! Vous cracherez vos tripes avant d'arriver sur la première crête. Alors vous descendez immédiatement.

Les deux concurrents déchus, tête basse et épaules voûtées, s'en allèrent prendre les labradors avec des gestes de mères pour leurs bébés. Ils repartirent d'un pas prudent vers Nivaillon et Espinet attendit qu'ils disparaissent derrière les arbres de la bastide des Cyprès avant de tendre le poing vers le nord-est. Quelque part dans cette direction, la Gasparine filait vers les sommets et il lui tardait de la punir.

Il contourna les ruines et s'élança sur le chemin. Devant lui, à une cinquantaine de mètres, l'ingénieur s'accrochait à une paroi. Ce fou de la ville avait choisi la ligne droite dans l'espoir de gagner du temps. C'était une bonne chose : la montagne se chargerait de lui rompre le cou.

« Je suis responsable de cette fille ! Je dois la sauver. » Jean-Baptiste se sentait investi d'une mission sacrée. Son avenir, le sens de sa vie en dépendaient. Alors qu'Espinet pleurait et enrageait aux côtés de ses chiens, il s'était emparé de ses jumelles et, fouillant l'immensité minérale du massif, il avait fini par découvrir la Gasparine se hissant de rocher en rocher jusqu'à l'entrée du Grand Vallon. Une folie !

## 15

Son pied délogea une pierre. Marie glissa, se rattrapa à une racine, serra les dents et écouta la pierre rebondir sur les saillies de la pente, puis se fracasser. Des ascensions dangereuses, elle en faisait depuis sa plus tendre enfance, mais jamais elle ne s'était sentie oppressée comme aujourd'hui, même quand les aigles et les chats sauvages défendant ces hauteurs inexpugnables s'approchaient d'elle. Elle assurait mal ses prises, n'évaluait pas les risques, ne communiait pas avec la montagne. Toute son attention était accaparée par les aboiements. Ceux-ci avaient diminué d'intensité. Du côté de la ruine, il n'y en avait plus aucun.

Elle mit ce silence sur le compte des boulettes et pensa à la rage de ses poursuivants. S'ils la rejoignaient, ils ne l'épargneraient pas. A l'idée d'être frappée, violée, elle multiplia les risques. Ses ongles se cassèrent, ses genoux saignèrent. Elle se fit des bleus au visage en épousant brutalement la roche à plusieurs reprises quand son corps en déséquilibre était attiré par le vide.

Soudain, après un effort prodigieux et un élan de tout son être, elle se retrouva à l'horizontale. Au sommet. Près de l'endroit où sainte Marie Madeleine recevait la visite des anges. Au-dessus d'elle, un ciel incroyablement bleu était tendu entre Garlaban, le signal des Béguines, le mont Aurélien et Sainte-Victoire. Sous son regard, les horizons s'ouvraient jusqu'aux Alpes et à la mer. Mille sentiers s'embranchaient sur les garrigues et dans les forêts. Elle en connaissait les odeurs et les merveilles, les interdits et les fréquentations. Elle aurait pu leur donner des noms de plantes, de fleurs ou de champignons car chacun d'eux menait à des rodous qu'elle protégeait. Elle ne laissa pas sa pensée l'entraîner vers les jolies bastides où les gens travaillaient en paix, se contentant de la joie de leurs enfants courant derrière les poules, du blé, des amandes et des olives récoltés saison après saison. Elle la dirigea d'abord vers le château des Espèces et, son regard prenant le relais, elle suivit la route poudreuse qui le contournait et menait à Riboux.

Ils étaient là, sous les trognons rocheux de Bœuf-Arnaud, réunis en une petite bande. A cette distance, il lui était impossible de savoir qui la composait, comme il lui fut impossible de reconnaître l'homme qui avait suivi le même chemin qu'elle quand elle tourna son regard vers les ruines de Siblettes.

Il avançait vite. La peur la gagna. Sans prendre le temps de repérer les autres poursuivants, elle se remit en marche le long de la crête. Une demi-heure plus tard, elle arriva au col du Saint-Pilon et défit son sac pour la seconde fois. Le premier paquet qu'elle ouvrit contenait deux mouchoirs qu'elle sortit précautionneusement du bout des ongles et posa en évidence sur deux buissons de part et d'autre du chemin. Le second était plein d'une pâte de pain verdâtre qu'elle grignota. C'était un mélange d'achillée visqueuse, d'essence d'hysope et de pyrèthre d'Afrique dont la saveur brûlante la fit pleurer. Elle en sentit aussitôt les effets stimulants et bénéfiques. Son sang en fut comme régénéré. Il draina les fatigues de son corps et les miasmes de son esprit.

Lorsqu'elle sangla son sac sur ses épaules, la logique aurait voulu qu'elle quittât la ligne des sommets pour s'enfoncer dans la forêt de la Sainte-Baume qui s'étendait jusqu'aux anciennes propriétés des glaciers. Elle préféra la difficulté et resta en contact avec le ciel, reprenant sa course sur l'aride et large crête bordée de précipices. Tout au bout de cette piste grise, coupante et crevassée, il y avait le pas de l'Aï que seuls les fous et les téméraires empruntaient. Le pas aurait valeur de « jugement de Dieu ». Il y avait fort à parier que les enragés ne la suivraient pas sur cette coulée minérale qui dominait les glacières. Du moins, elle l'espérait car les premiers, ceux qui étaient passés par Riboux, se trouvaient maintenant à moins de cinq cents mètres du col.

Raymond avait repéré la garce au-dessus de la Colle Blanche. Bien après son chien. Le bull-terrier tirait de toutes ses forces sur la laisse. C'était un compagnon féroce qui n'hésitait pas à s'en prendre aux sangliers lors des parties de chasse. Raymond était fier de lui. Pendant la guerre, il l'avait entraîné à mordre les prisonniers allemands que les autorités parquaient au camp de Chibron. Il se demanda s'il se serait attaqué à la belle tourterelle dont il distinguait la silhouette sur la crête. Il n'en était pas sûr. La Gasparine avait un don pour apprivoiser les bêtes. Les buses, les corbeaux, les écureuils venaient lui manger dans la main. Son cousin Charles, de Signes, l'avait vue de ses propres yeux nourrir un renard blessé. Il fallait avoir la citrouille fêlée pour nourrir les renards ! Lui, quand il en voyait un, il le faisait exploser à la chevrotine. Peut-être bien qu'elle était un peu sorcière.

Sorcière... Cette trouvaille soudaine le tracassa. On était sur la Sainte-Baume, où les forces du bien et du mal s'opposaient depuis la nuit des temps, et la Gasparine s'en allait vers le pas de l'Aï. L'endroit n'avait pas bonne réputation et on y trouverait sûrement pas le bon Dieu. Il regretta soudain d'avoir pris de l'avance sur ses copains.

— Merde, c'est des conneries ! Hein, Jojo, que c'est des conneries, hein, qu'on va se la coincer la Gasparine ?

Jojo le bull ne semblait pas penser que c'était des conneries. Il regarda bizarrement son maître avant de reprendre la trace. Raymond le retint. Cette triomphante journée d'été, glorifiée par un soleil conquérant et un air chargé de parfums, eut soudain à ses yeux de paysan superstitieux quelque chose d'inquiétant.

Il préféra attendre Henri le bûcheron qui le suivait à une centaine de pas.

— Quelque chose ne va pas, dit ce dernier en le rejoignant.

— J'ai un peu forcé...

— T'es parti comme si t'avais une gousse d'ail au cul.

— Elle nous emmène vers le pas de l'Aï, dit Raymond qui voulait connaître l'avis du rude bûcheron.

— Faut avoir des couilles pour franchir le pas.

— Ouais, faut en avoir, répondit Raymond, songeur.

Et il en avait. Ce n'était pas comme les quatre autres qui ahanaient deux cents mètres plus bas. Non seulement ils n'auraient pas assez de couilles pour grimper jusqu'au col, mais ils n'avaient déjà plus de poumons, de rate et de cœur. Quant au second groupe, mené par Espinet, il ignorait où il se trouvait. Ce vicieux de Vincent avait dû prendre un raccourci, cela faisait un bon moment qu'on n'entendait plus aboyer ses labradors.

— Allons-y, je voudrais pas qu'elle tombe entre les mains d'Espinet, dit Raymond, scellant un pacte muet avec Henri.

Au pas de l'Aï, ils auraient besoin l'un de l'autre. Après ce serait chacun pour soi. Ils forcèrent l'allure jusqu'au col où ils découvrirent les mouchoirs sur le chemin qui redescendait vers la forêt du versant nord.

A l'évidence, la Gasparine les avait laissés pour faire croire à ses poursuivants qu'elle était partie par là.

— Elle nous prend vraiment pour des gigés [1], dit Raymond en prenant un mouchoir.

— Je la croyais plus finaude, dit Henri en se saisissant de l'autre.

— Fan de pute ! Ça sent fort la femelle ! s'exclama le fils du maire en le portant à son nez.

Le bûcheron l'imita. Tous deux eurent un avant-goût du parfum de la Gasparine, de chair sucrée et épicée. Odeur étrange en vérité, qui n'était pas sans leur rappeler celle de certaines plantes. Le bûcheron fronça les sourcils. Il venait de déceler une arrière-senteur de thora, renoncule aux propriétés redoutables. D'autres indices montèrent à son nez. Ils ne lui permirent pas d'identifier leur provenance mais il les classa d'instinct.

— Jette cette saloperie ! cria-t-il à Raymond en laissant tomber le mouchoir.

Raymond, qui venait d'embrasser fougueusement le carré de tissu, resta coi. Son copain avait l'air terrorisé, il le vit détacher sa gourde et s'arroser le visage et pensa que le soleil lui avait tapé sur la tête. Il s'apprêtait à se moquer de lui quand le picotement commença à se manifester. L'effet était comparable à celui produit par de l'eau de Cologne sur la peau après un rasage, mais il ne dura pas. Il empira. Raymond crut qu'une armée de fourmis rouges attaquait sa peau. Portant les mains à son visage, il libéra

1. Simples d'esprit.

Jojo qui partit comme une flèche. Il n'eut pas la force de le rappeler.

Un phénomène différent et tout aussi douloureux se produisit dans sa bouche. Sa langue gonfla, se gorgea d'un feu qui le fit gueuler. Ce qui suivit fut pire : sa vue se brouilla. Un voile de plus en plus épais descendit sur la Sainte-Baume. L'éclat des pierres blanches se ternit, le ciel se drapa de nuit, mais aucune étoile n'en perça les ténèbres, pas même le soleil. A trois pas de lui, Henri ne valait guère mieux. L'eau n'avait pas suffi à arrêter le processus d'empoisonnement. Torturé au visage, atteint de cécité, mais la langue préservée, il se mit à maudire la Gasparine, en appelant à Dieu et la vouant aux enfers.

Entourés de précipices, ils étaient perdus au sommet de la montagne avec l'espoir d'être rejoints par leurs camarades, si ces derniers n'avaient pas rebroussé chemin.

Jean-Baptiste arriva au col cinq minutes après la mise hors course de Raymond et d'Henri. Il les trouva assis l'un à côté de l'autre sur le chemin. La Gasparine avait encore frappé ; il en fut impressionné.

— Qui est là ? demanda le bûcheron en entendant sauter l'ingénieur de rocher en rocher. Répondez ! C'est toi, Espinet ! Bordel ! Réponds, je sais que c'est toi ! Ne nous laisse pas ici... Fumier, j'aurais ta peau, cria-t-il quand les pas s'éloignèrent.

Jean-Baptiste n'avait nulle envie de venir en aide à ces salopards. Ils méritaient leur punition. D'autres, dont Espinet, poursuivaient Marie ; la jeune fille ne parviendrait jamais à les piéger tous. Elle allait avoir besoin d'un allié.

Mais où se trouvait donc Espinet ?

Vincent fonçait sur le large chemin des Rois. Il détestait la forêt de la Sainte-Baume. Elle n'appartenait pas au monde des hommes. Personne n'y chassait. Les braconniers l'évitaient. Les bûcherons s'y aventuraient sous la protection des moines blancs. Dieu en avait fait un paradis pour les bêtes sauvages. Ce dédale d'arbres énormes et de racines tordues étouffait les prières des pèlerins qu'il croisait. Eux montaient vers la grotte de Marie-Madeleine, l'âme en fièvre, cherchant à percer les secrets de la pénombre éternelle qu'ils traversaient. Ils voyaient ce diable d'homme surgir soudain des futaies ténébreuses et disparaître aussitôt au cœur des ifs, des yeuses et des chênes.

Espinet n'était que haine. Il pensait à ses chiens. La garce aurait le sort de son père. Il regretta de n'avoir pas mis le feu à la Sauvagère huit ans plus tôt. Brûler toute la famille et Mémé en prime était son idée, mais l'homme à la canne d'or n'en avait pas voulu. On s'était contenté « d'accidenter » le père Gaspari. L'affaire lui avait rapporté cinq mille francs et des appuis. Depuis, il n'avait jamais cherché à nuire à Julia et à Marie, ni à connaître le secret qui les liait à l'homme à la canne d'or. Il tenait à la vie.

A présent, il allait achever le travail. Cette salope ne s'en irait pas vierge. Il s'occuperait d'abord de ses deux fleurs. C'était légal, puisqu'il serait vainqueur.

Ensuite, il la suiciderait. Pas dans l'immédiat. La mort devrait paraître logique.

« Pendue à une branche d'olivier au château des Espèces », se dit-il en émergeant de la forêt sacrée.

La lumière brutale lui fit cligner des yeux. Le soleil dorait les blés des vastes champs qui entouraient Nazareth, terminus des pèlerinages et des sorties champêtres. Deux corps de bâtiments et une chapelle gérés et entretenus par les moines recevaient les visiteurs. On y trouvait gîte, salles de méditation et écuries. Il se dirigea vers l'accueil de cette hôtellerie archaïque. Des sœurs en cornette étaient en grande discussion avec un père encapuchonné de blanc. Il prit un air désespéré et triste en les saluant.

— J'arrive à pied de Roquevaire et j'ai bien peur de ne pas retrouver vivante ma sœur qui se meurt des fièvres de Malte à Mazaugues si je ne trouve pas un moyen de locomotion rapide. Auriez-vous un cheval à me louer jusqu'à ce soir ?

Le père le contempla d'un regard doux et compatissant. Vincent sentit qu'il y avait une impossibilité. Il ne chercha pas à le convaincre par la parole. Il avait tout prévu. Fouillant dans sa poche, il en sortit une petite croix de bronze et cinquante francs.

— Je vous en prie, mon père. Pour l'amour de Dieu, acceptez cette croix qui vient de Jérusalem et cette modeste somme d'argent pour vos œuvres.

L'homme de Dieu ne pouvait pas résister à une offre pareille, il tendit sa main et reçut les présents. La croix, Vincent l'avait eue lors de l'un de ses achats en vrac sur le Vieux-Port à Marseille. Les pacotilles plaisaient aux femmes. Et il en avait toujours en stock pour ses opérations de séduction.

— Je vais vous faire préparer la jument.

— Ce sera inutile, mon père, le temps presse, je la monterai à cru.

— Que Dieu vous bénisse pour l'amour que vous portez à votre sœur. Nous prierons pour elle.

Quelques minutes plus tard, il galopait sur l'ancienne route de terre des glacières fendue d'ornières et à demi mangée par les herbes folles. Il serait le premier à Pivaut, le premier à plaquer la Gasparine dans les mousses et les lichens, le premier à revendiquer son droit. Et si le garde, garant du bon déroulement de l'épreuve, se mettait en travers de son chemin, il lui casserait la gueule.

— C'est mon droit ! cria-t-il en cognant du poing le cou de la jument.

Ces taches orangées sous elle, c'étaient les toitures des glacières de Font-Frège et de la Mauringuière. Marie aurait aimé contempler ce paysage avec Jean-Baptiste, lui dire combien elle regrettait la vie disparue. Des centaines d'hommes travaillaient autrefois dans ces tours enfouies, tout rayonnants des éclats de glace qu'ils récoltaient. Un temps béni. La montagne nourrissait les villages alentour. Les paysans venaient de loin. Ils offraient leurs bras et parfois leur vie pour de gros salaires. A présent les ronces envahissaient les bassins à glace, les canaux étaient ensevelis sous les saxifrages et les boues séchées, les tours abritaient des chauves-souris. Tout était anéanti, écrasé par le gigantesque monolithe que formait le pas de l'Aï. Et Jean-Baptiste ne la tenait pas entre ses bras. Marie ferma un instant les yeux pour lutter contre le vertige. Elle était au bord du bloc qui s'élevait à plus de mille mètres, à l'extrémité du monde selon les gens d'ici.

— Je suis un oiseau, dit-elle.

Il lui arrivait de se comparer à une hirondelle lorsqu'elle gravissait un pic. Ça lui réussissait ; elle avait l'impression de voler de pierre en pierre, d'être légère, de toucher les nuages d'un coup de ses ailes magiques. Les cigales se mirent à striduler. Leur chant, infini comme le ciel d'été, suscita son courage. Les cigales, ses amies, l'appelaient.

Les jambes et les mains tremblantes, elle se laissa glisser sur les rochers, puis se retourna pour assurer ses prises. Elle ne s'arrêta plus. De broussailles en broussailles, épousant la roche brûlante qui s'effritait sous ses doigts. Toujours plus bas. Elle n'économisait plus son souffle, ne prenait plus le temps d'écarter les épines, d'essuyer son front, de penser à la douleur de ses muscles, aux hommes à ses trousses. Elle descendit d'éperon en surplomb, se rapprochant des cigales. Puis elle entra dans l'ombre des grands pins, toucha la terre ferme. Alors seulement ses poumons s'emplirent d'air et de bonne odeur de résine. Personne ne pouvait égaler son exploit. Personne ! Elle venait de gagner le droit de marcher la tête haute dans les rues du village. Elle venait de gagner le respect des hommes. Elle était libre. Il lui restait mille mètres à parcourir jusqu'à la glacière de Pivaut. Une formalité. Cinq ou six chemins agréables y menaient. Elle repartit d'un pas léger, pensant à son bel ingénieur qui lui avait promis de s'aventurer jusqu'à la Sauvagère.

Jean-Baptiste n'en revint pas. Il vit Marie s'éloigner sous le couvert des arbres. Elle était parvenue à descendre le long de cette pente raide, parfois verticale, grêlée, tourmentée par des forces géologiques qui semblaient vouloir précipiter les roches en équilibre vers les toits des glacières. Combattant l'étourdissement dû au vertige, il entama sa propre descente.

De coups de poing en coups de talon, Espinet poussa la jument à l'extrême limite de ses forces. La pauvre bête galopa pendant les sept kilomètres qui séparaient Nazareth du gué de Gaudin. Bavant, elle tenait tout juste sur ses pattes quand l'intendant l'attacha à un chêne blanc qui bordait le ruisseau asséché.

— T'es bien une femelle ! Tu ne marches qu'à la raclée, lui dit-il en l'abandonnant aux mouches.

Il s'orienta. Pour ne pas être accusé de tricherie, il fila au sud afin de donner le change au garde et à d'éventuels concurrents. Il y avait une ferme abandonnée au-dessus de la glacière. On y avait une vue dégagée. Planqué dans ce poste d'observation, il n'aurait qu'à attendre la Gasparine, lui sauter sur le dos, arracher son foulard et la traîner jusqu'à la glacière où le garde assermenté constaterait la victoire. Puis il prendrait son dû. A cette idée, son membre durcit. Il lui tardait d'en user et de faire crier sa victime.

Marie allait d'un pas assuré vers Pivaut. Le chant triomphal des cigales l'accompagnait ; des rouges-gorges voletaient devant elle, lui ouvrant la voie ; elle entendit même le feulement d'un chat sauvage ; la nature la saluait.

Quand le silence se fit, elle comprit que le danger pointait. Elle se retourna. Son cœur s'arrêta de battre. Jean-Baptiste Moraud avançait à grandes foulées sur le chemin. Il souriait. Elle sourit à son tour et, comme par miracle, insectes, oiseaux et bêtes sauvages lancèrent leur message au ciel.

Ces deux-là s'aimaient. La montagne les protégeait. Il n'y eut pas de poursuivant et de poursuivie, de chasseur et de chassée. Il y eut le geste simple de Marie. Elle détacha le foulard de son cou et le présenta à Jean-Baptiste.

— Je n'ai pas concouru dans le but que vous croyez, dit-il.

— Je sais, lui répondit-elle.

Elle voulait cependant qu'il acceptât l'offrande. Le monde saurait alors que c'était elle qui l'avait choisi. Il la prit délicatement et la passa autour de son propre cou.

— C'est bien, lui dit-elle.

— Oui, c'est bien.

N'avaient-ils pas autre chose à se dire ? Leurs cœurs pourtant étaient pleins de mots d'amour. Ils les expulsaient dans les veines en un torrent qui les rendait sourds au bruit des cigales.

La surdité atteignit aussi Espinet qui, de sa cachette, les observait en ouvrant grand la bouche.

Pendant le temps que dura ce tête-à-tête, l'air eut du mal à pénétrer dans ses poumons et quand il put à nouveau les gonfler d'une profonde aspiration, ce fut pour attiser l'incendie de son corps.

Pourquoi lui avait-elle offert le foulard ? Pourquoi ces mamours silencieux ? Pourquoi se soumettait-elle à cet étranger ? Ces pourquoi l'acculaient à la défaite et il ne voulait pas perdre. Surtout face à un blanc-bec, un rejeton de la ville aux épaules étriquées, une merde qui n'aurait jamais dû avoir le droit de s'aligner avec eux.

« Cette salope l'a attendu… C'est un coup monté… Elle lui a donné des herbes, un truc qui tue la fatigue des jambes ! On s'est fait avoir ! »

Il comprenait à présent pourquoi l'ingénieur courait comme un lièvre. Il n'y avait pas d'autre explication. Quand le couple se mit en route, il chercha une arme. Les lièvres, on leur cassait les vertèbres.

Le garde de Cuges était mal à l'aise. Ça le tuait, cette attente, et il n'était pas chez lui. Sur cette commune de Mazaugues, sans pouvoir légal, il se sentait nu. Presque en danger. Le litron de vin qu'il avait sifflé n'avait en rien atténué cette sensation. La tour abandonnée de Pivaut pesait comme une menace sur l'environnement. Il n'osait pas la regarder. Elle était massive, indestructible, semblait retenir la colline dans laquelle elle était à moitié enchâssée. Ses ouvertures étaient autant de gueules noires prêtes à l'avaler et il ne doutait pas de son appétit. En son temps et avec ses sœurs disséminées sur la Sainte-Baume, elle s'était nourrie d'hommes et de glace.

Assis sur le muret du bassin dans lequel on mettait autrefois l'eau à geler, tournant le dos à l'édifice couronné de tuiles et de mauvaises herbes, il ne vit pas arriver Marie et Jean-Baptiste.

— Hé, monsieur Carrioux ! appela la jeune fille.

Enfin, elle était là... Elle avait réussi ! Il sauta sur ses pieds et s'avança vers le bord de l'éminence qui dominait le chemin. Il n'en revenait pas encore. Quand il la vit en compagnie de l'ingénieur, il en eut le souffle coupé. L'étranger portait le foulard. Les Cugéens s'étaient fait battre par le premier venu de la ville. Il ne rêvait pas. Le foulard rouge tranchait sur le cou du jeune homme. C'était incompréhensible.

— Ils ont triché ! hurla une voix.

Espinet ! Bordel de merde, les choses tournaient mal. Le garde en resta paralysé. Etre de cauchemar, l'intendant écumant de rage, les yeux injectés de sang, brandissait une lourde branche morte en forme de gourdin. Il se précipita sur Jean-Baptiste.

— Attention ! cria Marie.

Le jeune homme n'eut pas le temps de s'écarter suffisamment de la trajectoire de l'arme. Le gourdin s'abattit violemment sur son épaule, le fit chanceler.

— Sale tricheur, gronda Vincent.

Il avait le regard d'un fou, les réactions et la force d'un fou. Quand Marie, couteau à la main, tenta de s'interposer entre lui et Jean-Baptiste, il envoya la jeune fille bouler dans l'herbe d'une formidable gifle.

— Toi, tu passeras plus tard à la caisse.

Presque dans le même temps, il toucha Jean-Baptiste au ventre, le faisant plier. Du pied, il le poussa vers la glacière béante. Jean-Baptiste tomba à genoux. Il sentit le souffle glacial de la tour passer sur son dos. Il venait des profondeurs de ce puits.

La tour voulait sa part ; il y avait trop longtemps qu'elle n'avait pas dévoré un homme. Et Espinet allait satisfaire cet appétit vorace. Il visa la tête de l'ingénieur, se délectant par avance du coup qu'il allait porter, du bruit de pastèque éclatée, du sang répandu.

Il ne put pas l'asséner. Quelque chose le percuta avec une force inouïe, le fit basculer par-dessus l'ingénieur et le précipita dans le vide. Son hurlement fut bref. Il toucha le fond, se fendit le crâne et s'empala sur la branche qu'il n'avait pas lâchée. Il n'eut pas la chance de crever instantanément comme Angèle.

A moitié assommée, Marie avait vu se dérouler la scène comme dans un rêve. Le garde qui avait dévalé de son perchoir, mais trop loin de l'ouverture de la glacière, était demeuré impuissant. Surgissant d'on ne sait où, le bull de Raymond avait bondi sur le dos d'Espinet. Le chien n'avait pas hésité. De tous les humains présents en ce lieu, l'intendant était le pire ennemi de son maître, le rival de toujours. Il avait gardé en mémoire les insultes de Vincent, les horions échangés entre les deux hommes au village. Son maître haïssait Espinet, et cette haine, en fidèle compagnon partageant les joies et les peines, il l'avait faite sienne.

Elle avait disparu à présent et il lapait le visage de

l'homme blessé dont il ne connaissait pas l'odeur. Son instinct le lui commandait. L'homme à genoux était foncièrement bon et généreux. Jean-Baptiste accepta la caresse du chien, puis il se releva pour recevoir Marie dans ses bras. Enfouissant son visage au creux de son épaule, elle se mit à pleurer. Il était vivant ! Elle sentait battre son cœur, courir la vie sur sa peau. Il était vivant ! Il était à elle pour l'éternité des siècles, pour les existences à venir sur terre ou ailleurs. Il était vivant et elle s'abandonna au baiser qu'il lui donna.

Des « Coquin de sort » et des « Peuchère de moi » couraient dans la tête du garde. Face au couple qui se bécotait comme si plus rien au monde n'existait, il ne savait plus quelle attitude adopter. Espinet... Pute borgne ! Espinet était tombé dans le trou. On devait lui venir en aide, tout salaud qu'il était.

C'était son devoir de garde assermenté. Il marcha résolument vers le couple, mais il n'eut pas le loisir de les sermonner. Marie et Jean-Baptiste se séparèrent et se penchèrent au-dessus de la cavité. Leurs yeux s'adaptèrent à la pénombre, leur ouïe effaça le chant des cigales. Ils virent et entendirent Vincent.

L'intendant reposait quinze mètres plus bas, le corps plié en équerre, la branche ensanglantée fichée dans les entrailles. Il gémissait.

— Je vais le sortir de là, dit Jean-Baptiste.

— Plus facile à dire qu'à faire, répondit le garde dont les actes de courage se limitaient à jeter des seaux d'eau froide sur les ivrognasses du village et à dresser des procès-verbaux aux voleurs de poules.

Il regarda l'ingénieur avec respect. Décidément, il y avait du héros chez ce monsieur. Jean-Baptiste avait repéré la poulie pitonnée au faîte de la glacière. Une chaîne rouillée y était suspendue. Elle devait servir autrefois à remonter les quintaux de glace. Avant que Marie ne se récriât, il prit son élan, sauta dans le vide et s'y accrocha. Il se laissa descendre à la force des poignets.

Espinet vit ce fantôme se rapprocher de lui. Il ne le reconnut que lorsque son visage fut près du sien. Des étincelles montèrent encore à la surface de son regard vitreux. La rage n'était pas morte. Jean-Baptiste avait vu de nombreux blessés sur les chantiers et dès le premier coup d'œil, il sut que l'intendant était foutu. Il avait le ventre perforé et le sang n'arrêtait pas de couler. Même avec un chirurgien des Armées et tout le matériel nécessaire sur place, on n'aurait pas pu le sauver.

Vincent s'en allait, mais il détourna le peu de flux de vie qui le maintenait pour s'agripper à Jean-Baptiste et balbutier.

— J'aurais pu t'avoir comme j'ai eu son père.

— Quel père ?

— Celui... de ta... Gasparine...

Gasparine mourut entre ses lèvres et son regard se figea. Espinet venait de quitter ce monde, emportant son secret.

# 16

Les ombres de la fin d'après-midi s'allongeaient sur le village et les collines. Les pourpres et les bleus se disputaient les champs et les jardins. La nuit mettrait bientôt fin à cet éternel partage en mouvement et c'était une bonne chose. Jean-Baptiste était heureux de la proximité de la nuit, elle le soulageait. Il avait mal aux yeux, à la tête, et il avait l'impression de flotter à cause de la faim et de l'épuisement. Depuis des jours, il arpentait la Sainte-Baume, ses carnets chiffrés à la main, son sac à dos rempli d'échantillons de roches, le poids de son amour au cœur. Il se tuait à l'ouvrage, résistant au temps d'une lenteur exaspérante, le temps qui le séparait de la Gasparine, volontairement recluse à la Sauvagère.

Cela faisait deux semaines qu'il n'avait pas revu Marie, depuis que les gendarmes d'Aubagne les avaient interrogés. Le garde, garant de leur bonne foi, les avait disculpés. L'affaire avait été classée en cinq coups de tampon et quelques signatures, mais elle continuait à alimenter les conversations des veillées.

En fait on ne parlait que de ça. La mort d'Espinet avait fait grand bruit dans le pays. Du jour au lendemain, Jean-Baptiste s'était retrouvé entouré d'ennemis et de partisans. Les copains de l'intendant trinquaient en jurant de venger « le brave Vincent » ; les jeunes filles en quête de romantisme rôdaient, leur panier à linge sous le bras, devant l'auberge où vivait l'ingénieur ; les hommes l'enviaient et le détestaient, les femmes rêvaient d'être à la place de la Gasparine, et Robert Mouriez, représentant de Dieu sur terre, n'en finissait plus de laver les âmes de ses paroissiennes au confessionnal.

Le prêtre cherchait lui-même le repos. Il en entendait trop. Chaque jour, à l'heure de confesse, les femmes semaient les graines du désir dans sa chair et il se mordait les lèvres jusqu'au sang quand, en les écoutant, il avait des érections. Il n'était pas Jésus ! Ni un saint ! Il était un être humain bourré de défauts, mâle de surcroît, une machine qui, selon la norme, mangeait, buvait, pissait, caguait et faisait des enfants. Et dire qu'il y avait encore des gens qui croyaient aux vertus de la soutane, cette robe magique qui garantissait la pureté de ceux qui la portaient.

Non seulement elle n'était pas magique, mais elle le faisait crever de chaleur, ce qui dans son cas était un bon point, car depuis le jour de cette maudite course de la Gasparine, il s'imposait une pénitence à heure fixe : le tour des oratoires et des chapelles de la commune avec dix confiteor et dix Notre-Père à la clef. Ce fut devant la chapelle Saint-Antoine qu'il trouva l'ingénieur.

Jean-Baptiste était debout, tel un démon rougeoyant dans l'œil du soleil couchant, contemplant le village à ses pieds. Il s'avança vers lui et le salua sans ostentation. En retour, il reçut un « Bonsoir, mon père » qui trahissait l'attachement et le respect dus à l'Eglise. Mouriez en éprouva du contentement. L'homme n'avait pas l'air de l'un de ces athées fréquentant le château des Espèces. Il rayonnait même d'une certaine bonté d'âme et de générosité.

A vrai dire, à ses côtés, on se sentait bien. Le prêtre contempla à son tour le village dont il avait la garde. Des bruits, des rires, des engueulades, des roucoulements et des fumées montaient jusqu'à eux. De ce poste élevé, on embrassait la vie et on communiait à sa gloire. Ici le temps ne comptait plus. Ils subissaient l'envoûtement et ils virent Cuges se parer de rubis, de saphirs, et s'éteindre sous les caresses de la nuit et du vent léger qui descendait de l'écrin des collines.

— C'est toute la grandeur de Dieu, souffla le prêtre, prenant à témoin Jean-Baptiste.

L'ingénieur acquiesça en silence. L'idée de grandeur aurait pu paraître une exagération et suggérer le vide. Il n'en était rien. La beauté s'étendait jusqu'aux étoiles, pleines d'une force en mouvement qui vous rendait humble. Elle réduisait les connaissances humaines à néant. Et elle justifiait l'amour... Jean-Baptiste se mit à penser à Marie. De tout son cœur.

— Qu'allez-vous faire de Marie ? demanda

soudain le prêtre comme si la force de ces pensées venait de le pénétrer.

— Je vais l'épouser, s'entendit dire Jean-Baptiste.

— Ah...

Ce « Ah » était pareil à un gémissement. Il annihilait tous les désirs de Mouriez. La Gasparine avait donc cédé à cet étranger.

— Vous avez... fauté ? demanda-t-il la gorge serrée.

— Fauté ?

— Avec mademoiselle Gaspari.

— Suis-je Espinet ?

— Non... Non... mais vous êtes un homme...

— Sans vous offenser, mon père, je ne crois pas que ce soit le moment et le lieu pour une confession, mais si cela peut vous rassurer, alors sachez que je n'ai pas commis de péché de chair depuis plus de trois mois.

— Excusez-moi, je ne voulais pas...

— Ne vous excusez pas, je comprends votre émoi. Marie tente bien des hommes malgré elle. Au revoir.

L'angoisse au ventre, Robert Mouriez regarda Jean-Baptiste s'éloigner. Sur le toit de la chapelle, un chat-huant se fit entendre avant de prendre son envol. Les cigales se turent. Les bruits moururent un à un. Dieu venait d'étendre le silence à toute chose pour que lui, le prêtre, puisse écouter battre son cœur coupable. Et il l'entendait, ce maudit fauteur. Il pompait, aspirait, recrachait, irriguait les moindres parcelles de son corps d'un sang impur. Faire pénitence, se martyriser, prier à en perdre haleine,

Mouriez éprouvait le besoin brutal de se faire pardonner.

Lorsque Jean-Baptiste disparut, il se jeta à genoux face à la chapelle et entama le confiteor d'une voix cassée par la peur.

Quelqu'un priait à haute voix, Fernande ne rêvait pas. La servante du docteur Fabre tendit l'oreille. Et si c'était un ange... ou un saint revenu sur terre ? Cette idée la fit frissonner. Elle n'avait pas la conscience tranquille ces jours-ci. Depuis qu'elle enquêtait sur le secret de la Gasparine. Pendant quelques secondes, elle hésita entre le chemin qui contournait la chapelle et l'escalier qui y menait. La curiosité fut la plus forte. Elle continua à gravir les marches.

« Je confesse à Dieu tout-puissant, à la bienheureuse Marie toujours vierge, à saint Michel archange, à saint Jean-Baptiste, aux apôtres saint Pierre et saint Paul, à tous les saints, que j'ai beaucoup péché, par pensées, par paroles, par actions... »

Le confiteor, reconnut Fernande. Cela la rassura. Jamais un être du ciel ne se serait confessé ainsi. Il y avait là un bougre qui devait en avoir pas mal à se faire pardonner. Plus qu'elle. A tout considérer, ses péchés n'étaient pas plus gros que des chiures de mouches sur un drap blanc.

— Eh ben, ça alors, marmonna-t-elle en débouchant sur la petite esplanade qui dominait le village.

Le curé se frappait la poitrine à coups de poing. Il était à genoux devant la porte de la chapelle. Soudain, il donna du front dans le bois, le cognant jusqu'au sang :

— C'est ma faute, c'est ma faute, c'est ma très grande faute...

Fernande n'essaya pas de s'interposer entre le démon et l'ange qui se disputaient l'âme du prêtre. Elle avait des choses plus importantes à accomplir dans les collines. Le docteur lui avait confié des médicaments ; elle s'était portée volontaire avec enthousiasme pour les livrer. Quand il avait dit : « Je dois aller au Roumanil, monsieur Roux a besoin de poudre alcalinophosphatée et de solution sédative », elle avait saisi l'occasion, prétextant qu'elle devait se rendre chez sa cousine de Signes, village proche du domaine de Roux. Le docteur n'y avait pas vu malice. Il ne s'était même pas inquiété de l'heure, ni de la distance à parcourir sur les chemins tortueux. Il était trop préoccupé et fatigué pour refuser. Depuis la course. Depuis que Marie avait embrassé l'ingénieur devant le garde. L'histoire de ce baiser avait fait le tour de Cuges et elle le minait petit à petit.

Peut-être était-il lui aussi amoureux de la Gasparine ?

Fernande, elle, en était sûre. Elle s'était jurée de nuire à cette petite salope tout en gagnant quelques sous. Si elle réussissait son coup, elle irait se confesser. Elle abandonna Mouriez à ses tourments et se fondit dans la pénombre.

Le prêtre ne parvint pas à s'assommer. Le sang coulait en abondance sur son visage quand il cessa la punition. De toute évidence, il ne pouvait pas obtenir de pardon de cette manière. Seuls ceux qui avaient le cœur pur pouvaient servir Dieu. Il lui fallait gravir les humbles marches de l'expiation avant de retrouver cet état. Il lui fallait se racheter aux yeux des humains avant d'être racheté devant Dieu. Et ce rachat passait par la sainte conquête des âmes.

Quand il se releva, chancelant, sa décision était prise. Demain, il écrirait à l'évêque. Il demanderait sa mutation en Afrique. Missionnaire il serait, et missionnaire, il convertirait les musulmans du désert.

Au coucher du soleil, Marie accompagna sa mère jusqu'aux tombes de son père et de Mémé. C'était désormais un rituel. Julia l'avait exigé trois jours après la course, quand les concurrents fromagers de Riboux s'étaient empressés de lui raconter l'événement. Sa fille le lui avait caché. Elle était devenue folle.

Se livrer comme une chienne à tous les pourceaux de la plaine ! Et on racontait qu'au bout du compte elle avait embrassé un inconnu devant le garde.

Devant ce sale petit fonctionnaire en guêtres, uniforme à boutons argentés et casquette à visière vernie ! Une vraie vipère, ce garde. Il avait fait son rapport au maire avant de bavasser dans les bars du village. Depuis, chacun racontait la sienne, embellissant de propos salaces la version d'origine. D'ici à la fin septembre, Marie porterait le titre de pute.

Voilà ce qu'elle avait gagné en défiant les hommes ! Marie Gaspari, *estrangère*, italienne, *piantou* et pute de surcroît.

Après une violente engueulade, Julia n'avait plus

adressé la parole à sa fille. Pourtant ça lui démangeait la langue d'en savoir plus sur celui qui l'avait séduite. En arrivant sur la tombe, elle pesta contre le soleil qui desséchait les marguerites. Elle vida sa grosse gourde sur la terre craquelée, puis elle s'agenouilla pour prier.

En fait, elle parla vaguement à la Vierge avant de prendre à témoin son pauvre époux :

— Tu vois, Marco, on n'aurait jamais dû quitter l'Italie. Y avait rien à gagner de l'autre côté de la frontière. Que des ennuis ! Tu sais, ils vont traîner notre nom dans la boue... Je parle pour rien dire, c'est vrai, car d'où tu es, tu vois et t'entends tout. Tu dois avoir honte de ta fille ! Mon Dieu, comme je suis malheureuse ! Je voudrais être avec toi sous la terre !

— Maman...

Marie essaya de prendre sa mère par les épaules, mais Julia échappa à l'étreinte.

— Je ne veux pas de tes mamours ! Tu ferais mieux de demander pardon à ton père !

— Je n'ai pas à lui demander pardon.

— Après ce que tu as fait ?

— Je n'ai rien fait de mal.

— On t'a vue avec cet étranger de Marseille. Le garde en personne ! Remarque qu'il pouvait pas faire autrement vu que tu as fait tes saletés devant lui !

— C'était juste un baiser.

— Juste un baiser ? Comme tu y vas, ma petite ! Je les connais, moi, les hommes ! Tu leur donnes un bout de lèvre et l'instant d'après, ils veulent te toucher les seins.

— Qu'est-ce que tu connais des hommes ? A quinze ans, tu étais déjà sur les routes avec papa.

Julia se mit à rougir. Sa fille disait vrai. Elle n'avait aucune expérience des autres hommes. Elle ne faisait que répéter ce qui se disait au lavoir, sur les marchés, dans les champs, lors des pèlerinages, partout où les femmes en réunion confiaient leurs malheurs et leurs joies.

— Je l'aime, ajouta Marie.

Julia contempla sa fille d'un regard compassé. Marie était sincère. Une flamme éclairait son visage. Sa poitrine palpitait. Sa bouche frémissait. Elle était tout habitée par l'inconnu. Contre l'amour, la mère ne pouvait rien.

— Eh bien, nous verrons s'il t'aime aussi, dit-elle avant de se remettre à prier.

# 17

Le matin, Jean-Baptiste se réveilla avec un fort mal de tête, et la conscience pénible d'être retombé de nouveau dans sa vie de tous les jours, avec ses tracas de planification, de demandes administratives, d'intendance, de rébellion, ses fatigues et l'angoisse d'être à des milliers de kilomètres de Marie.

Toute la nuit, il avait rêvé qu'il était en Afrique, face à un fleuve où s'ébattaient des hippopotames boueux, où des crocodiles filaient telles des torpilles verdâtres vers des échassiers condamnés aux coups de mâchoire et à la noyade. Ses hommes travaillaient au son des tam-tams, abattant des arbres qu'ils élaguaient. Les troncs dépouillés et saignants rejoignaient la rive, reprenaient racine dans la vase, se divisaient en deux lignes fragiles dans les eaux. Le pont en construction était une épreuve. Sans cette preuve d'amour, il ne pouvait pas rejoindre Marie.

Un sale rêve.

Ses hommes ne parvenaient pas à planter les pieux

au milieu du fleuve et il s'était réveillé au moment où l'un d'eux avait été emporté par un crocodile.

Jean-Baptiste marcha jusqu'à la fenêtre. Pas de fleuve. Pas de moustiques. Juste la route nationale et un paysan qui promenait une meule de foin sur un chariot aux roues grinçantes et des petites filles qui sautaient à la corde près de leurs cartables entassés. La présence des collines arides, qu'au fond du cœur il préférait aux jungles et aux déserts, lui était un réconfort. Il était à deux heures de la femme qu'il aimait et le souvenir de ce qu'il avait éprouvé dans ses bras vivait en lui, c'était comme si toutes ses actions passées, ses aventures, son mariage n'étaient que des fantômes ou des chapitres de vie appartenant à quelqu'un d'autre. Marie l'avait fait renaître, et à présent il se retrouvait dans la peau d'un adolescent.

Sous les crêtes bleutées, il y avait Marie avec ses yeux sombres et son corps brûlant. Et pas de pont à construire. Elle lui avait demandé de se tenir éloigné d'elle jusqu'à ce que les passions retombent et que sa mère daigne le recevoir.

Il ne pouvait plus attendre et il fit siens les vers de Musset qui lui traversèrent l'esprit lorsqu'il quitta l'auberge :

*J'ai vu ton sourire et tes larmes,*
*J'ai vu ton cœur triste et joyeux :*
*Qui des deux a le plus de charmes ?*
*Dis-moi ce que j'aime le mieux :*
*Les perles de ta bouche ou celles de tes yeux ?*

« Dis-le-moi, Marie, j'arrive... »

Deux heures plus tard, il parvenait au minuscule village de Riboux qui rassemblait sa poignée de maisons, ses trois douzaines de pins et quelques centaines d'amandiers au centre d'une mer de pierres. Il y vit des silhouettes furtives, des ombres, des chimères. On l'observait et on se posa mille questions en le voyant prendre le chemin de la Baume-Lierre. Tant de destinations étaient possibles ! Au-delà de la barre rocheuse qui surplombait le gué asséché d'un torrent, il y avait les fermes de la Sauvagère, d'Aspre, des Planes, de Crispin et des Grands Péru. Chacune avait son histoire et ses secrets.

Personne ne le vit se diriger vers la Sauvagère. Sauf les milliers d'insectes bruissant de tous leurs élytres, leurs antennes et leurs pattes. A chaque pas, il soulevait un feu d'artifice de sauterelles dont les bouquets s'envolaient vers le « brasillement » du ciel. A chaque pas il se rapprochait de la maison de Marie. Il la découvrit soudain au détour du large chemin bordé de vieux arbres inclinés et d'antiques genévriers. Des chèvres aux pelages clairs broutaient les thyms et les simples. Au-dessus de la cheminée un panache blanc de fumée cherchait paresseusement sa voie entre le levant et le ponant. Aucun signe de danger ne troublait le cadre.

Il ne s'était jamais aventuré dans ce coin depuis qu'il traçait sa route imaginaire sur les carnets de notes, mais il sentait qu'il lui appartenait, qu'il s'établissait entre lui et la maison une étroite intimité. Il lui semblait que chaque petite fenêtre exerçait sur lui une attraction. Il posa la main sur une branche de cerisier et sentit la force du bois, des racines et de la terre. C'était ainsi que ce lieu le touchait d'une façon intense et magique.

Il comprit l'amour de Marie pour la Sauvagère dont le toit bas et roux se découpait sur le front gris de la Sainte-Baume. Cette maison enchâssée dans un coin de paradis avait traversé les âges, les guerres et les feux. Elle était comme une île préservée. Un sentiment de paix l'envahit, car il était maintenant placé devant l'inévitable. Il vivrait ici.

Tout était simple et décidé d'avance. L'homme retournait toujours à ses sources. Il eut l'impression que sa grand-mère lui montrait le chemin.

« Va, mon petit, c'est ici ta terre. »

Il se mit à marcher vers le muret qui bordait le devant de la ferme, sentant sous ses semelles la forme des ornières, des cailloux et des racines. Curieuses, des chèvres quittèrent le lopin qu'elles pelaient et pointèrent leurs barbichettes vers lui. Elles tournèrent leurs regards doux en direction de l'appentis lorsque le craquement se fit entendre.

Quelqu'un utilisait une hache pour fendre du bois.

« Marie », pensa aussitôt Jean-Baptiste.

De l'endroit où il se trouvait, il ne pouvait pas voir la jeune fille. Il sauta par-dessus le muret et se dirigea vers l'appentis dont il apercevait l'angle recouvert de vigne vierge. Il aurait dû se fier à l'instinct des chèvres qui s'éloignèrent, mais l'amour l'aveuglait. Il se figea en voyant la femme aux cheveux longs et gris qui s'attaquait à de grosses bûches de châtaignier et d'orme. Elle lui tournait le dos.

La mère de Marie. A peine comprit-il qui elle était qu'il mesura toutes les difficultés de sa visite surprise. Comment expliquer à cette femme rude qu'il avait du sentiment pour sa fille ? Il arrivait comme un voleur de poules. Sans un bouquet de fleurs.

Il se maudit. Le moindre garçon du Panier ou de l'Estaque, le dernier des paysans du Lubéron et même une canaille du Vieux-Port ne serait pas arrivé les mains vides. Qu'allait-elle penser de lui ? Il eut un geste ridicule : il se coiffa avec les doigts, cherchant à redresser la mèche qui retombait sur son front.

Et ce fut à cet instant qu'elle se retourna et qu'il ne sut plus quelle contenance adopter. Il avait l'air d'un pantin qui se grattait la tête, et elle le regardait avec ses gros yeux pleins de stupéfaction, la hache à la main, semblable à une Barbare des premiers siècles.

— Qu'est-ce que vous faites ici ? gronda-t-elle.

Son attitude était menaçante. En cela, elle ne différait guère de ses voisins de Riboux et de Cuges face aux étrangers. Et celui-ci en était visiblement un. En deux coups d'œil, elle le classa parmi les citadins élevés au foie gras et au champagne et elle crut qu'il venait du château des Espèces. Un vent de panique souffla dans sa tête. Il ranima les images du passé. Celles d'une nuit où sa vie avait basculé. Elle l'examina encore, prête à lui asséner un coup de hache s'il faisait la moindre allusion à la nuit de la tempête. Il était cependant trop jeune et ne pouvait appartenir aux hommes en noir de l'époque. Mais elle se méfiait de ces derniers, qui se réunissaient toujours une fois par mois près du château, dans un gouffre aménagé. Une vraie porte de l'enfer. Il était peut-être leur envoyé.

Elle se souvenait de sa rencontre avec celui qui leur avait fait jurer, elle et Marco, de garder le secret. C'était en avril 1900. Elle se souvenait de son étrange regard gris et mort, de sa voix grave et solennelle, de ses mains longues et fortes et de la lourde chevalière surmontée d'une pierre noire qu'il portait au doigt. Accompagné d'un complice, il leur avait donné le couffin et l'argent. Deux cents francs. Le prix de leur silence et le commencement du bonheur jusqu'au jour où Marco,qui rêvait d'un autre avenir pour Marie, avait tenté de s'introduire dans le gouffre pour le retrouver, signant son arrêt de mort.

Machinalement, elle regarda les mains de son interlocuteur. Il ne portait pas de bague. Mais cette absence de symbole ne le dédouanait pas à ses yeux. Ce jeune homme pouvait appartenir à la bande des Espèces.

« S'il est venu revendiquer son droit, je lui fracasse le crâne et je le jette dans l'aven du Sarcophage », se dit-elle en serrant les mains sur le manche.

Jean-Baptiste vit les jointures de Julia blanchir. Il n'était pas le bienvenu. S'il n'ouvrait pas le bec, elle allait exercer son talent de bûcheronne sur sa carcasse.

— Vous êtes madame Gaspari ?

— Oui.

— Je devais vous rencontrer, je m'appelle Jean-Baptiste Moraud.

Elle blêmit et il vit l'outil trembler dans ses mains. Il essaya de sourire, pour dissiper la colère que son nom avait fait naître. Julia grommela puis soulagea sa rage montante en donnant un formidable coup de hache sur un billot. La retirant d'une poussée du pied sur le bois et d'un mouvement de tout son corps d'avant en arrière, elle se mit à couper avec frénésie. C'était pire que les hommes en noir. Celui-là allait lui prendre Marie. Il l'avait déjà embrassée. Il l'emmènerait à Marseille, chez les riches. Quand on goûtait aux plaisirs de la ville, on ne voulait plus la quitter. Nombreux étaient les enfants de la Sainte-Baume qui, attirés par les lumières de la Canebière, de la rue de Rome et du Prado, n'étaient plus revenus, abandonnant leurs parents dans les garrigues. Sa fille n'échapperait pas à la règle.

— J'aime Marie, dit Jean-Baptiste.

Surtout ne pas l'écouter. Frapper ! frapper ! frapper à s'en démettre les épaules et n'écouter que le sang furieux qui se ruait dans les artères et les veines. A cette allure, elle allait crever. Sa sueur, elle la projetait sur le tas de bois ; ses larmes, elle les laissait couler à l'intérieur. Elle ne voulait pas montrer son chagrin à cet étranger enfariné. Qu'attendait-il pour partir ? Il s'ancrait, le bougre !

— J'aime votre fille ! cria-t-il si fort qu'elle en fut ébranlée.

Elle arrêta la mécanique de ses muscles et de ses nerfs, ravala sa salive et darda un regard mouillé et sévère sur le jeune homme. Elle allait le tancer d'un bon « Fichez le camp d'ici, Marie ne veut plus vous voir », mais, face à l'attitude téméraire et au visage sincère de Jean-Baptiste, elle se ravisa, se disant qu'elle n'avait pas le droit de mentir. Marie désespérait dans son isolement forcé et ne désirait qu'une chose : retrouver son Jean-Baptiste.

— Vous l'aimez vraiment ? demanda Julia.

— Pour elle, je sacrifierais ma vie.

— Hum...

— Je me suis battu avec Espinet et je me battrai encore contre quiconque attentera à la liberté de Marie.

— Combat de coqs ! répliqua Julia. Quant à la liberté de ma fille, que vaudra-t-elle si vous lui passez la bague au doigt ?

— Celle du vent qui se joue des obstacles.

— Belles paroles, Espinet aurait pu les prononcer.

— Je n'ai pas l'âme d'un Espinet... Vous ne devriez pas me comparer à un homme qui a provoqué la mort de votre époux.

— Que dis-tu ? s'écria-t-elle en se ruant sur lui.

Elle l'attrapa par les revers de la vareuse et le secoua :

— Mais parle donc !

Jean-Baptiste lui raconta ce que lui avait dit le contremaître avant de mourir. Peu de chose en vérité. Cependant, cela suffit à calmer Julia. Quand il cessa de parler, il y eut une sorte de cassure. Ses bras retombèrent le long du corps et une grande tristesse s'empara de son visage.

Espinet, l'assassin de Marco... Elle aurait dû se sentir libérée et en paix. Enfin, elle connaissait la vérité. Etrangement, l'amertume prenait le dessus. Etre vengée ne suffisait pas. Et puis, Espinet, elle en avait la conviction, n'était que l'exécuteur des ordres de l'homme en noir.

— Madame... ça ne va pas ?

— Marie est en haut, dans son atelier, répondit-elle, les yeux dans le vague.

Jean-Baptiste vit le sang remplir une tache dans l'œil droit de cette femme usée par les giboulées du printemps, les tramontanes de janvier et les ardeurs de l'été. Julia était ailleurs, reconstituant des images, cherchant des indices, mais sa mémoire appauvrie ne lui restituait plus rien. Pendant toutes ces années, elle n'avait pas cherché la vérité. Elle s'était interdit de rôder du côté du château des Espèces et elle en avait détourné Marie en lui racontant des choses affreuses sur les grands bourgeois qui y habitaient.

— Vous êtes sûre que vous n'avez besoin de rien ? insista Jean-Baptiste.

— Vous êtes encore là ! Je croyais que vous l'aimiez !

Il n'essaya plus de l'amadouer. Il quitta l'appentis. Lorsqu'il tourna au coin de la maison, la hache s'abattit sur une bûche. La porte de la fermette était ouverte. Il s'en exhalait des odeurs d'ail, de thym et de fumée. Pénétrer dans cet endroit était comme pénétrer dans un lieu de culte. Jean-Baptiste en fut tout ému. Il gagna l'ombre fraîche en déglutissant. Sur sa droite, la cuisine avait attiré des mouches avides de sucre et de fromage. Après quelques atterrissages sur la table ou les étagères, elles décollaient le ventre plein pour danser dans l'unique rayon poudreux tombant entre les persiennes croisées. Enchaînant les arabesques, elles finissaient toujours par rencontrer le ruban de papier collant où elles s'empoissaient et crevaient. Il y avait aussi des traces de noir de fumée sur le plafond, des ustensiles cabossés accrochés sur les murs, un buffet bancal, un placard aux battants maintenus par une ficelle, mais rien de ce qu'il découvrait ne lui paraissait laid. Son regard se posait sur les casseroles de cuivre, les quignons de pain, les couronnes d'oignons, les bouteilles d'huile, les boîtes. C'était là que vivait Marie. C'était là qu'elle respirait, qu'elle mordait son pain, qu'elle allumait le feu tous les soirs, qu'elle lavait ses longs cheveux à l'eau du puits.

Il s'avança vers l'escalier aux marches inégales qu'il compta une à une. Légèrement entrebâillée, une porte grise et basse sur laquelle pendait une tresse d'ails le séparait de Marie. Il n'osa pas la repousser. Aucun bruit ne filtrait. Mais d'incroyables odeurs de garrigue s'en échappaient, des mélanges de senteurs qui montèrent à son cerveau, aussi lourdes que des effluves de vin capiteux et de parfums précieux.

Sa main mit un temps infini pour entrouvrir le battant. L'univers de la Gasparine se dévoila peu à peu. D'abord le coin où elle dormait, le petit lit défait sous la soupente, puis les murs revêtus de plantes et de fleurs, les armoires garnies de bocaux, les coffrets secrets sur les étagères, les sacs gorgés de feuilles, les bouquets séchés harmonisant leurs couleurs d'automne avec le brun des poutres et l'ocre des tommettes.

Et Marie enfin, face à l'un des deux fenestrons qui perçaient le fond de ce temple. Elle était assise sur une chaise de paille, un livre sur les genoux, le visage tourné vers la Sainte-Baume. Elle n'avait pas fermé l'œil de la nuit, pensant à Jean-Baptiste qui dormait à Cuges, si près et si loin à la fois.

Elle avait attendu l'aube, trouvant un apaisement dans l'immobilité de la montagne, cette paix du jour avant le lever du soleil, cette lumineuse attente guettée par les oiseaux, les insectes et ses amies les plantes. Elle avait imaginé d'autres crépuscules, des flamboiements africains, les horizons sous lesquels avait vécu son amoureux d'ingénieur en regardant les photos noir et blanc d'un livre de géographie prêté par Alexandre.

Pauvre docteur. Pauvre ami qui ne comptait plus. Plus rien, plus personne n'existait depuis qu'elle avait ouvert son cœur à Jean-Baptiste. L'ingénieur occupait tous ses instants ; elle ne parvenait plus à travailler correctement. Elle avait oublié les recettes de Mémé ; elle n'était plus sûre des doses, des proportions, des temps de cuisson, de décoction ; elle confondait les persicaires amphibies et les potamots, l'orpin brûlant et l'orpin blanc, l'astragale de Montpellier et l'astragale sainfoin. Il ne fallait pas faire appel à elle ces temps-ci, pas même pour une migraine, si on ne voulait pas se retrouver à l'hôpital.

Il n'y avait aucun risque à cela. Sa mère lui

interdisait toute rencontre. Elle avait établi une sorte de cordon sanitaire entre la Sauvagère et le reste du monde, entraînant sa fille sur les sentiers des braconniers quand elle emmenait ses chèvres brouter.

Marie en avait assez. Après tout, elle était majeure et libre de fréquenter qui elle voulait. Libre d'aimer... De se rendre à Cuges et de retrouver le goût d'un baiser et le feu dévastateur de la passion.

« Elle ne m'empêchera pas d'y aller », se dit-elle.

Ce fut alors qu'elle entendit le bruit que faisaient les tommettes disjointes lorsqu'on marchait dessus. Elle se retourna brusquement, s'attendant à voir sa mère et à revendiquer son droit à l'amour.

— Jean-Baptiste... ?

Dans une confusion de tous ses sens, elle se redressa brusquement pour courir vers lui, laissant tomber le lourd volume de *L'Afrique Française* à ses pieds. Il l'accueillit entre ses bras et elle goûta aussitôt ses lèvres.

Plus rien ne pourrait désormais les séparer.

## 18

— Vous construisez des routes, des ponts et des chemins de fer ?

Ça, c'était un métier incroyable. Monsieur Jean-Baptiste faisait des chemins de fer ! Julia n'en revenait pas. Elle avait si peur du train. Plusieurs années auparavant, alors qu'elle se rendait au marché d'Aubagne avec quatre chèvres et un bouc, elle s'était égarée le long de la voie ferrée Marseille-Toulon. Elle ne s'en alarma pas. Au contraire, elle crut gagner du temps en longeant les quatre rubans d'acier qui coupaient la campagne et s'enfonçaient dans le ventre des collines. Une locomotive surgissant de l'embrasure de deux immenses rochers entaillés à la pioche mit fin à sa promenade. Elle vit grandir ce monstre noir, luisant de graisse, vomissant sa fumée. L'œil de verre de la bête miroita, un coup de sifflet monta en une plainte stridente, la terre trembla. L'effroi paralysa Julia et les bêtes quand l'haleine chaude de la machine et l'air déplacé les enveloppèrent.

Quand elle rouvrit les yeux, deux chèvres

manquaient à l'appel. La locomotive avait pris son tribut, arrosant d'un sang sacrificiel les ballasts et les traverses. On ne marchait pas impunément sur le territoire des trains.

— Les chemins de fer, ce doit être terrible ! dit-elle en servant le café à l'ingénieur dont la main gauche était dans celle de Marie.

Quelle étrange situation. Une heure auparavant, elle était prête à lui donner un coup de hache. A présent, elle acceptait qu'il touche Marie. Elle n'éprouvait aucune difficulté à supporter sa présence et si elle ne parvenait pas à retrouver son équilibre naturel au milieu de sa propre cuisine, c'était parce qu'elle était sous le charme.

Elle aurait aimé qu'il fût son fils. La grandeur de son âme, l'esprit chevaleresque transparaissaient sur son visage franc au front dégagé, au regard bleu et limpide dans lequel se perdait sa fille. A les voir, tous les deux, les cœurs accordés et la poitrine se soulevant au même rythme, Julia n'avait plus l'impression d'être sans vie, détruite, absente, définitivement accrochée au mamelon de terre sous lequel reposait son mari. Elle sentait remonter en elle toute sa féminité, ses sentiments de mère. Elle pensait déjà aux petits-enfants, à des Noëls en famille, aux treize desserts, à la bûche magique dans l'âtre, aux santons d'argile sur la mousse, à des jouets de bois et à des poupées de chiffon.

— Terribles et beaux à la fois, dit Jean-Baptiste qui se souvenait de chantiers.

— Raconte, dit Marie.

Marie le mangeait des yeux, buvait ses paroles. Il aurait pu lui raconter qu'il était autrefois roi du Mali, elle l'aurait cru. Elle se laissa entraîner dans la poussière des immenses chantiers où des milliers d'hommes logés par corps de métier dans des baraquements séparés et des forêts de tentes partageaient leur existence avec des troupeaux de bœufs, de mulets, de chevaux et des dizaines de camions parqués dans les écuries et les garages en plein air.

Jean-Baptiste revivait des moments intenses. Dans sa bouche, tout devenait grouillement, tempêtes. On voyait les brigades de boulangers et de mitrons se roussir les poils devant leurs fours de campagne, les gueules des forges soufflant des gerbes d'étincelles, les wagonnets de fer gorgés de gravats poussés par des manœuvres. On entendait battre les marteaux, hennir les chevaux, crier les chefs d'équipe. La piétaille organisée en régiments rasait des montagnes, détournait des rivières, entaillait des savanes et repoussait les vagues du désert au-delà de remblais semblables à la muraille de Chine. Et ces hommes fiers et bagarreurs, goujats, apprentis compagnons, maîtres maçons, tailleurs de pierre, charpentiers, chaudronniers, mécaniciens, pontonniers signaient leurs œuvres d'acier, de bois et de calcaire de leurs pétroglyphes sacrés. Ils chantaient aussi et c'était étrange d'entendre leurs voix couvrir le son des tam-tams africains, des gongs asiatiques ou des flûtes amérindiennes.

*De Pékin jusqu'à Canton*
*Tire la ligne tire la ligne,*
*D'Abidjan jusqu'à Kankan*
*Tire la ligne, compagnon.*

Le chant mourut entre les lèvres de Jean-Baptiste. C bien fini, ce temps-là. Peut-être apprend des compagnons à ses enfants ? Il r Julia. Il n'eut plus de mais, sa vie

herbes + bardane — avec grandes feuilles — fleurs blanches — piquantes — dans le plan à Morlay — 17

Mercredi · Wednesday · Woensdag · Mittwoch · Miércoles · Merco

s
le
ois
sur llu
que le temps ules
les cigales disputaient le à la lumière.

Marie se découvrait entre les bras de Jean-Baptiste. Lorsqu'elle était contre sa poitrine, elle lui serrait les épaules au rythme des contractions qui la soulevaient dans une ondulation de tout son corps et venaient s'échouer sur leurs lèvres jointes. Elle en perdait presque la raison.

C'était cela, aimer. Mourir dans le regard de l'autre, mourir sur sa bouche, dans son souffle, brûler, s'éteindre et s'enflammer à nouveau. De baiser en baiser et d'étreinte en étreinte, ils parvinrent au vallon du Trébuchet. Là Marie retrouva ses marques et ses esprits. On était trop proche du domaine de Pascal Roux, le patriarche qui, des années plus tôt, l'avait terrorisée.

Mais c'était un bel endroit, riche en plantes et en champignons. Elle le conduisit vers un mur en ruine où les habitants des fermes des Grands Péru jetaient leurs décombres.

— C'est l'un des rares endroits où poussent les herbes aux teigneux. Tiens, en voilà.

— Mais ce sont des bardanes, dit Jean-Baptiste qui reconnut les plantes géantes.

Lorsqu'il était enfant, il s'amusait à en jeter les capitules pour le plaisir de les voir s'accrocher aux vêtements ou sur les cheveux de ses copains. Il se souvint de mémorables batailles où chacun se confectionnait des boucliers et des casques avec les larges feuilles de la plante.

— Je préfère « herbe aux teigneux », répondit Marie. J'en ai tué, des teignes, avec les lotions tirées de ses racines. J'ai même sauvé la vie d'un garçon qui avait été mordu par une vipère en écrasant des feuilles sur la morsure. C'est la meilleure ! Elle soigne presque tout ! Des rhumatismes aux hémorroïdes... Avec elle, je sais comment arrêter la jaunisse, le choléra, l'acné. Y a des gens qui me demandent parfois de sauver leurs chiens de la gale ou de soulager leurs moutons de la toux et c'est grâce à elle que je guéris leurs bêtes.

Marie entra dans une sorte d'exaltation. Elle se libérait du plaisir contenu, de l'accumulation des désirs, et Jean-Baptiste buvait ses paroles. En elle, la science était innée. Marie était unique. Elle tirait sa force des montagnes, des garrigues et des torrents et sa beauté avait été voulue par Dieu et le diable. Il mesura soudain l'infinie portée de sa fortune et il eut peur de la perdre quand elle sauta par-dessus le mur en ruine. Elle se mit à courir sur le chemin, riant, criant les noms de plantes qu'elle frôlait de sa longue jupe pourpre.

— Du frêne à manne ! De l'herbe d'ivrogne ! Des benoîtes !

— Marie ! Attends-moi !

Incroyable, il ne parvenait pas à la rattraper. Malgré sa jupe, elle sautait comme une cabrette et s'envolait vers le plateau du Roumanil. Leur course figea les craintives cigales et on ne perçut bientôt que leurs cris entre les futaies.

— De la réglisse des bois !

— Marie !

Jean-Baptiste força son allure. Il en perdit l'haleine et crut défaillir quand il n'entendit plus sa Gasparine.

— Marie ! hurla-t-il.

Rien. Pas de réponse. Il se mit à maudire les cigales qui se remettaient à chanter. Marie avait disparu. Peut-être s'était-elle blessée en tombant. Il y avait des pièges partout. Des trous, des racines, des pierres coupantes, la nature s'était armée depuis des siècles contre les intrus. Il tourna sur lui-même. Plusieurs sentes presque impraticables s'enfonçaient dans un enchevêtrement d'érables, de salsepareilles, de panicauts, d'ormeaux et de genévriers. Il désespérait de trouver la bonne direction quand Marie l'appela :

— Jean-Baptiste ! Jean-Baptiste !

Ce n'était plus le ton enjoué. C'était un appel au secours !

— Où es-tu ?

— Par ici, vite !

Fou d'angoisse, il passa à travers les barrières d'épineux et dévala un petit éboulis. Marie était accroupie près d'une femme en noir et gris.

— C'est Fernande, la servante du docteur Fabre, dit-elle en humectant le visage et les lèvres de la vieille femme... Quelqu'un l'a battue, ajouta-t-elle.

Fernande avait des bleus sous les yeux, du sang séché aux lèvres. Une triple griffure d'ongles balafrait sa joue ratatinée. Elle battit lentement des paupières et poussa un petit cri de frayeur en esquissant un geste de défense.

— Fernande... N'ayez pas peur... C'est moi, Marie, la Gasparine de la Sauvagère.

— Ne me touche pas, fille de malheur.

La servante ferma à nouveau les yeux. Marie posa sa gourde et fouilla dans la poche de sa jupe où elle promenait quotidiennement un bric-à-brac de sachets et de fioles pour parer au plus pressé de sa clientèle des collines. Elle en ressortit une fiasque minuscule qui contenait un extrait tonifiant et réparateur.

— C'est une drogue qui ferait marcher un mort, dit-elle à Jean-Baptiste qui s'était mis à palper les membres de Fernande.

— Elle n'a rien de cassé, dit-il en connaisseur.

Souvent, il avait dû remplacer les docteurs dans la brousse, travaillant avec des sorciers et des infirmiers de fortune. Certes la Fernande avait été battue, mais on n'avait pas voulu trop l'abîmer.

— Pauvre femme, ajouta-t-il. Qui a pu lui faire ça ?

Marie avait sa petite idée. On était sur le territoire du Roumanil, sur une terre jalousement gardée et âprement défendue. Tous les hommes du coin savaient se servir d'un fusil, toutes les femmes étaient de farouches combattantes qui s'imposaient souvent à coups de poing sur les marchés. Elle n'eut pas le même regard apitoyé que Jean-Baptiste. Elle connaissait Fernande, vieille vipère de Toulon. Il y avait encore du poison dans cette carcasse de soixante et dix ans. Il fallait cependant la remettre sur pied et la ramener à Cuges. Marie approcha sa fiasque du visage résolument fermé.

Trois ou quatre gouttes coulèrent entre les lèvres gercées ombrées de poils longs et durs. Une minute plus tard, elles provoquèrent une réaction violente. Fernande s'arqua, poussa un gémissement et grimaça. Ses yeux s'arrondirent et brillèrent tels des yeux de chouette frappés par un éclat de lune.

— C'est du fiel que tu m'as donné ou de la belladone ? Tu veux me faire crever comme le vieux Roux ? C'est ça, dis ? Tu veux pas qu'on parle de ton secret ?

— Calmez-vous, madame Fernande. C'est un remède que je vous ai fait boire. Il va chasser toutes vos douleurs !

— Mes douleurs, c'est à toi que je les dois... Simone Roux et ses roumanières m'ont frappée à coups de bâton parce que j'ai eu le malheur de prononcer ton nom devant le patriarche.

— Son nom ? Pourquoi son nom ? demanda Jean-Baptiste.

Les boules filigranées de sang aux pupilles rétrécies roulèrent sur le visage de l'ingénieur. Fernande semblait le découvrir pour la première fois. Le mépris accentua les deux profondes rides qui flanquaient sa bouche et drainaient des dizaines de ridules, transformant le faciès en une carte géographique en relief où fleuves et rivières coulaient vers une embouchure édentée.

— C'est qui, celui-là ?

— Un ami, dit Marie.

— Un de plus !

— Je travaille pour la préfecture et j'ai quelques relations avec le haut commandement de la gendarmerie, dit Jean-Baptiste. Si on vous a battue, vous devez porter plainte. Je serai votre témoin et, croyez-moi, on punira les coupables. Vous feriez mieux de tout nous raconter. Je ne voudrais pas que Marie soit la prochaine victime de ces roumanières.

C'était un demi-mensonge. Il travaillait bien pour la préfecture et diverses administrations, mais il ne fréquentait pas les gendarmes. Cette révélation fit de l'effet. Fernande perdit de son agressivité. Elle passa du mépris à la crainte.

— C'est que.. Y a pas de quoi alerter les gendarmes... Enfin, ce que je veux dire, c'est que si j'avais pas remué la boue, je serais pas là, toute courbaturée et escagassée, à vous parler. J'ai voulu, je le regrette, faire parler le vieux Roux sur les Gaspari et ça les a rendus fous de rage, d'autant plus que le vieux a failli en crever... Il est au plus mal, le pauvre homme, il pue la mort.

— Que vouliez-vous savoir sur les Gaspari ? continua Jean-Baptiste.

— Au juste, je sais pas... Des choses qu'on racontait à demi-mot... sur elle, murmura Fernande en se tournant vers la Gasparine. Pascal, le patriarche du Roumanil, lui il sait. *Est tout ana descabecela* à la Sauvagère, il y a longtemps.

— Et qu'est-ce qu'il a pu découvrir à la Sauvagère ? intervint Marie. Qu'ai-je à voir avec ce Roux ? Notre terre est ingrate. Nous sommes pauvres, nous l'avons toujours été.

La Gasparine était inquiète. Elle renouait avec un passé dont elle ne connaissait pas les secrets. Elle revit le cercueil de son père, les visages des vieux le jour de l'enterrement. Eux aussi savaient quelque chose ; mais ils s'étaient tus, gardant leurs révélations pour des apartés lors des veillées.

— Tu n'as qu'à interroger le Pascal avant qu'il mange les pissenlits par les racines, répondit Fernande qui venait de se remettre sur pied et prenait ses distances.

— J'irai !

— Ils te tueront.

— Pas si je le sauve.

— Le sauver ? Mais il est pourri jusqu'à la moelle. Tu ne peux lutter contre la mort.

— C'est ce qu'on verra !

## 19

Six heures plus tard, après être retournés à la Sauvagère pour faire le plein de médicaments et de potions, Marie et Jean-Baptiste reprirent le chemin du Roumanil. Ils portaient un sac chacun. Julia avait insisté pour qu'ils prennent le fusil de Mémé. L'antique et lourde pétoire de chasse sciait à présent l'épaule de Jean-Baptiste. Elle n'impressionna guère les hommes de la grande ferme.

— Surtout ne leur adresse pas la parole, dit Marie.

Debout au bord d'une restanque, les regards tournés vers eux, les fermiers se tenaient sur deux lignes. Six d'entre eux portaient des fusils à double canon en travers du dos comme des guérilleros mexicains. Derrière eux, l'imposante et noble bâtisse du Roumanil dominait la plaine du même nom. La terre grasse qui l'entourait donnait bien. Blé, artichauts, pommes de terre y poussaient sans apport de fumier, arrosés par un système de canaux qui détournaient une partie de l'eau du Latay. Il y avait aussi des cerisiers, des abricotiers et des cognassiers, plus quelques arbres centenaires sous lesquels se reposaient les vingt vaches du domaine. Des centaines de clapiers et un immense poulailler jouxtaient les écuries où de puissants chevaux de trait chassaient les mouches à coups de queue. Des chiens ensuqués par la chaleur s'étiraient dans une venelle formée par des piles de tonneaux. Ils étaient si las qu'ils ne pourchassaient pas les dindons et les oies qui venaient les narguer en dodelinant de la croupe.

La ferme était riche. Elle débordait d'opulence. Elle drainait à elle les produits de ses mille hectares et rivalisait avec les bastides et les châteaux de Signes et de Méounes. Seul le domaine des Espèces pouvait se targuer d'être plus vaste.

Jean-Baptiste et Marie virent les fusils se relever. Des gamins, un pullulement de têtes brunes ébouriffées, dévalèrent des champs et ramassèrent des cailloux. Des femmes se montrèrent, la faux ou la fourche à la main. Toutes avaient la hargne. Leurs visages sévères semblaient sortir de la même veine que les pierres aux arêtes coupantes des éboulis. D'autres personnes les rejoignirent dans un silence insupportable. On entendait seulement les galoches fouler le sol. En peu de temps, une petite armée se forma entre les deux visiteurs et le corps de bâtiment.

Visiblement, on ne voulait pas que des étrangers souillent le Roumanil. Marie et Jean-Baptiste ne ralentirent pas l'allure. Ils ne purent cependant pas franchir le cordon sanitaire établi par les paysans.

— Nous venons voir monsieur Pascal Roux, dit Marie en s'adressant aux hommes armés.

— Qu'est-ce que tu lui veux, au père ? demanda un barbu au nez tordu.

— Il paraît qu'il est bien malade. J'ai de quoi le soigner.

— Ça, c'est pas de mon ressort, dit l'homme.

— C'est du ressort de qui alors ?

— Du mien, petite pute !

Marie fit face à celle qui venait de l'insulter. Simone Roux, fille aînée des Roux et chef des roumanières, venait d'arriver. Elle paraissait essoufflée par une longue course. Entourée de ces femmes qui brandissaient des serpettes et de longs couteaux à la lame légèrement recourbée, elle en imposait, l'héritière du Roumanil. Les mains sur les hanches, la tête rejetée en arrière et la poitrine tendue, elle attendit la riposte de Marie. Mais la morveuse de la Sauvagère resta prudente. Dommage, elle aurait aimé la rosser devant tout le clan.

— Si je ne tente rien, dit Marie, la prochaine visite sera celle du curé.

Il y eut des murmures. Le barbu au nez tordu s'approcha de Simone. Jean-Baptiste leur trouva assez de ressemblance pour en faire le frère et la sœur.

L'ingénieur était jaugé de toutes parts. On ne le connaissait pas. D'instinct, on le classa citadin. Il sentait la ville. Pas que la ville. Il avait quelque chose en plus qui n'en faisait pas un homme ordinaire et pacifique. En Afrique, on l'aurait palpé comme pour éprouver la qualité d'une bête domestique. Ici, on lui lançait des regards hostiles comme si on était décidé à lui livrer bataille, à l'abattre une fois pour toutes.

Le barbu discutait à voix basse. Simone hochait la tête et montrait ses dents, qu'elle avait longues et espacées. Marie avait les yeux fixés sur cette bouche tendue pour mordre. Elle l'entendit dire :

— C'est bon, on va l'emmener jusqu'au père.

— Et lui ? demanda le barbu en désignant Jean-Baptiste.

— On le parquera avec les cochons. Ça lui fera connaître la campagne, répondit la Simone en élargissant l'ouverture de sa bouche pour le plus cruel et le plus carnassier des sourires.

Tout se passa très vite. Simone fit signe à Marie de la suivre. Deux hommes invitèrent rudement Jean-Baptiste à remettre son fusil, puis ils le conduisirent à la porcherie.

— T'as qu'à te tenir tranquille jusqu'au retour de la Gasparine. Victor te tiendra compagnie, dit l'un des deux en le quittant.

Victor était un paysan d'une trentaine d'années. Sec, petit, atteint d'une calvitie précoce, le regard fuyant, il fouilla ses poches pour y trouver une cigarette et des allumettes. Après avoir gratté le soufre, il essaya de protéger la flamme en l'entourant de sa paume calleuse, mais il tremblait tant qu'il dut s'y prendre à quatre reprises.

Jean-Baptiste se dit qu'avec un gars pareil il n'avait pas intérêt à broncher s'il ne voulait pas être truffé de plombs. Le Victor n'avait pas la conscience tranquille. Cela se voyait à son attitude d'animal traqué. Toutes les cinq ou six secondes, il regardait autour de lui en rejetant bruyamment la fumée de sa cigarette.

Peut-être avait-il la cervelle fêlée ? Ce doute devint une certitude quand Jean-Baptiste remarqua la cicatrice sur le crâne de son garde. Elle courait du sommet du front jusqu'à l'occiput et ressemblait à la trace luisante laissée par un escargot.

Jean-Baptiste pensa alors à Marie, aux risques qu'elle prenait en s'introduisant dans la ferme du Roumanil. Simone était sûrement plus dangereuse que Victor.

Marie pénétra dans la vaste demeure aux volets fermés. Il y faisait cependant assez clair pour qu'elle prenne ses repères. Tout y était extraordinairement en ordre, ciré, poncé, lustré. Les crédences, les buffets à gradin, les panetières à spirales traduisaient l'aisance des Roux et l'attachement aux choses qui durent. Ces meubles en noyer ou en chêne supportaient des objets chers aux notables, des candélabres de bronze, des vases et des assiettes en moustiers, des pendules dorées. Sur les murs, de vraies peintures reproduisaient les paysages aixois, les gorges du Verdon, la vallée de la Durance. Au Roumanil, on se plaisait dans les décors bourgeois, mais on vivait dans la barbarie.

— Ça sert à rien de laisser fouiner tes yeux, dit Simone qui, tout en la conduisant à travers la maison, la tenait à l'œil. Tu pourras jamais nous voler !

— Je ne suis pas une voleuse !

— Tous les Italiens sont des voleurs.

Marie serra les dents. Arracher la langue de la roumanière l'aurait soulagée de vingt ans d'insultes.

— C'est là, dit Simone en baissant le ton.

Marie s'en serait doutée. Une porte close séparait le malade du reste du monde. Quelqu'un y avait tracé au charbon de bois une étoile à six branches. Chaque sommet portait une croix fléchée, des mots latins et des dessins bizarres la remplissaient. Elle y vit la marque des sorcières de Signes la Noire.

Marie frissonna : si les femmes du Gapeau n'avaient pas réussi à conjurer le mal qui rongeait le patriarche, que pouvait-on faire ? Simone ouvrit la porte sans faire de bruit. Une odeur de vomi vint aux narines de Marie. Veillé par une servante sans âge qui tenait un torchon souillé et un chapelet entre ses mains, Pascal Roux reposait au fond d'une alcôve éclairée par des dizaines de bougies savamment disposées autour du lit. Elle y vit encore le travail des guérisseuses aux pouvoirs surnaturels. Mais ce qui la frappa, ce fut le Christ en croix au-dessus du lit. Il était aussi grand qu'un enfant de dix ans. Son visage expressif traduisait une douleur communicative. Son regard aux paupières lourdes tombait sur le malade. Marie y joignit le sien.

Que restait-il du formidable dictateur du Roumanil ? Etait-ce réellement lui, cette baudruche dégonflée ? Où était passé le visage volontaire ? Dans quel vide se perdait ce regard qui terrorisait les êtres ? Marie eut du mal à reconnaître le géant de ses cauchemars.

— C'est Marie Gaspari, dit Simone d'une voix étonnamment douce de petite fille. Tu sais, papa... la fille de la Sauvagère... Elle va te soigner.

Le patriarche n'eut aucune réaction. Il était dans une sorte de coma éveillé, toute l'attention accaparée par le mal intérieur. Marie avait déjà vu des malades dans cet état.

— Il faut allumer le feu, dit-elle en prenant la main du malade.

— Le feu, mais on crève déjà de chaud, dit Simone.

— Il me faudra aussi de l'eau dans un chaudron et un mortier, continua Marie en palpant le visage de son patient.

Simone comprit qu'il ne servait à rien de contredire la Gasparine. Elle donna des ordres à la servante et mit elle-même les sarments dans l'âtre, sans perdre Marie du regard.

La Gasparine examina le seau et la bassine dans lesquels le patriarche s'était vidé. Elle n'eut aucun dégoût. Elle avait connu pire. Sa mémoire travailla, classa les odeurs qui se dégageaient des mélanges nauséabonds.

— Il est malade depuis quand ? demanda-t-elle à Simone.

— Ça lui a pris d'un coup à table, il y a cinq jours. On aurait cru qu'il allait cracher les tripes.

Marie se pencha à nouveau sur les récipients, puis elle souleva les paupières du malade avant de lui ouvrir la bouche. Sa mémoire travailla encore. Cinq minutes après, elle avait la conviction que Pascal Roux était victime d'un empoisonnement. L'absence de réaction, la somnolence, le ralentissement du pouls et l'état comateux ajoutés à l'odeur particulière qu'elle avait décelée l'amenèrent à conclure que le patriarche avait absorbé une très grande quantité de safran mêlé à de la racine de pyrèthre d'Afrique et à de l'extrait de gui. Ce n'était pas un empoisonnement naturel. Quelqu'un voulait la peau de ce dictateur des garrigues. Elle se tourna vers Simone.

— Alors ? demanda la roumanière.

— Que vous ont dit les femmes de Signes ?

— Que c'était l'œuvre du démon.

— En effet, un démon bien vivant à mon sens. Je ne sais pas comment il s'y est pris, mais il s'est débrouillé pour faire avaler à votre père une bonne pinte de poison !

— Tu veux dire qu'il y a ici un salopard qui en veut à mon père ?

— Au point de l'envoyer au cimetière.

— Sauve-le ! Je t'en prie !

— Je vais faire mon possible, répondit Marie en déballant ses sacs.

De l'aneth à la véronique, elle avait de quoi soigner un régiment. Elle opta sans hésiter pour un médicament purgatif et violent dont le secret résidait en un parfait équilibre entre des extraits de clématite et d'iris. Elle allait faire souffler la tempête dans ce corps avachi et se mesurer une fois de plus à la mort.

Lorsqu'elle versa les doses dans un gobelet d'étain, le feu se mit à crépiter dans la cheminée, éclairant de lueurs fauves le grand Christ tourmenté.

Ceux qui rencontrèrent Simone Roux crurent que le vieux patriarche avait ressuscité en elle. Elle s'en prit d'abord aux chiens qui s'étiraient au soleil puis lança un anathème vers le ciel devant les femmes, les hommes et les enfants rassemblés.

— Dieu en est témoin ! J'arracherai moi-même le cœur de celui qui a empoisonné mon père ! Et si ce n'est pas Dieu, ce sera le diable ! cria-t-elle. Demain je ferai à nouveau appel aux femmes de Signes la Noire. Elles sauront démasquer le coupable !

Jean-Baptiste vit à quel point ces paroles firent de l'effet. Tout le monde se signa. Certains tombèrent à genoux et prièrent. Des fillettes se mirent à pleurer.

Elles firent surtout de l'effet à son gardien. Victor claquait des dents. A un moment, Jean-Baptiste l'entendit dire : « Va s'en sortir, le pouerc... va s'en sortir... maudite Gasparine. » Ce fut sa seule prière. Cinq minutes plus tard, il abandonnait son poste et filait vers la Sainte-Baume.

Jean-Baptiste se dit que la chef des roumanières n'aurait pas besoin des sorcières. Le coupable venait de se désigner. L'ingénieur sortit de la porcherie et alla s'asseoir à l'ombre d'un chêne. Aussitôt deux hommes pointèrent leurs armes sur lui et lui intimèrent l'ordre de ne pas bouger. Désormais, son sort dépendait de la science de Marie.

— Où est cet imbécile de Victor ? hurla le barbu.

— Il a peut-être été estourbi, dit un homme en désignant Jean-Baptiste.

— Je n'ai estourbi personne, répondit l'ingénieur. Votre Victor est parti en courant vers la montagne.

Le regard du barbu parut se « désembrumer ». Cette révélation fit monter une pinte de sang à sa face. Il aboya des noms. Simone vint aux nouvelles. Elle comprit à son tour et sa fureur décupla. Rameutant ses roumanières, elle les lança sur les traces de son demi-frère. Les lames de leurs serpes captèrent les rayons du soleil, puis la garrigue les avala. Victor n'avait aucune chance de leur échapper.

Marie avait entendu des cris. Puis le silence était retombé. Durant deux heures aucun bruit ne le troubla. Quand le patriarche se mit à respirer très vite, elle sut que la bataille allait commencer. Le contre-poison brûla les chairs et le sang corrompu. Pascal se cambra sur son lit, remua la tête, secoua les mèches de cheveux jaunis qui recouvraient ses tempes, vomit encore et beaucoup. L'odeur vinaigrée de sa transpiration se mêla aux miasmes des grumeaux qui giclaient de sa bouche. La vie frappait avec violence dans la poitrine. Elle croisait le fer avec la mort. Marie sut avec certitude quand elle remporta la victoire. Elle vit le regard du patriarche se remplir d'une lumière.

Un juron ponctua ce retour à la conscience.

— Ne vous agitez pas. Votre cœur est encore faible.

— Que fais-tu ici ? demanda-t-il d'une voix tremblante qu'il aurait voulue cassante.

— Votre fille Simone m'a demandé de vous ramener parmi nous.

— De me ramener ?

— Vous étiez parti pour le grand voyage.

— Tu m'as sauvé la vie ?

– En quelque sorte. Mais je ne réponds de rien si vous continuez à vous épuiser.

La douceur vint. Elle apaisa le regard du

patriarche. Le maître du Roumanil se laissa soigner. Il avala les médicaments et les bouillons que lui prépara la Gasparine et quand il sentit que les forces revenaient, quand le poids du remords devint tel qu'il ne put la regarder en face, il se mit à parler.

— J'étais là quand les hommes en noir t'ont déposée à la Sauvagère. Tu n'es pas la fille des Gaspari… Cette nuit-là j'aurais mieux fait de ne pas braconner du côté de chez toi. L'un d'eux portait le couffin dans lequel tu pleurais. Tu devais avoir quelques jours car tu criais comme un chat qu'on écorche. Je ne sais pas ce que ces hommes en noir ont dit à tes parents d'adoption mais j'ai encore en mémoire les menaces qu'ils ont laissé peser lorsqu'ils m'ont attrapé près du château des Espèces et interrogé dans le gouffre où ils se réunissaient. J'aurais pas dû les suivre jusque là-bas. Ils me sont tombés dessus comme des rats sur un morceau de fromage. Ils étaient au moins trente. Tous des francs-maçons. Des hommes qui comptaient dans la région, car depuis je n'ai jamais pu agrandir mon domaine. Ouais, depuis, il y a toujours un juge, un avocat, quelqu'un qui porte la rosette, pour me rappeler qu'une certaine nuit j'aurais dû ronfler dans mon lit et ne pas courir après les sangliers. Ils ne m'ont jamais oublié et ils se réunissent toujours dans ce maudit gouffre une fois par mois. Je ne sais pas qui t'a mise au monde, ma pauvre petite, mais à présent je remercie le ciel de t'avoir envoyée sur mon chemin. Tu m'as sauvé la vie et je ferai en sorte qu'on te respecte. Foi de Pascal Roux !

## 20

Marie demeura longtemps ecrasée par le poids de cette révélation. Quand elle retrouva Jean-Baptiste, ce dernier la sentit lointaine, sans joie et sans révolte. Elle n'eut même pas un regard pour Victor que les roumanières ramenaient à la ferme. Elle s'en alla, indifférente aux cris du paysan que les femmes saignaient à coups de serpe.

Elle s'empara de la main de Jean-Baptiste et prit le chemin des Bruyères. Elle n'était plus la Gasparine. Qui était-elle ? Quel sang coulait en elle ? Elle sentit pour la première fois l'hostilité des lieux. La masse de la Sainte-Baume l'effraya. Elle imagina les hommes en noir sur le front rougi de cet énorme corps pétrifié, des démons aux faces anguleuses tapis au fond des ravins, et sa peau se hérissa à la vue de cette immense île rocheuse semblant flotter sur la mer mauve du crépuscule.

Tout ce temps perdu. Toutes ces années passées dans le mensonge. Tous ces baisers de Julia qui se disait sa mère. Elle n'aurait plus la force de la regarder en face sans fondre en larmes. On l'avait mise au monde au fond d'un gouffre, loin de la lumière, loin des anges qui veillent sur les nouveau-nés. On l'avait déposée comme un paquet malpropre à la Sauvagère et on avait tué pour garder ce secret. Et pourquoi l'avait-on laissée en vie ce soir-là ? Il aurait été si simple de la jeter dans un trou. Tout en marchant vers le couchant, elle se posa mille questions. Mais la réponse, elle le savait, viendrait des hommes en noir.

Jean-Baptiste n'essaya pas de la questionner. Il se contenta de lui serrer la main et se laissa guider sur les sentes de plus en plus sombres. Il lui donnait sa force et son amour. Il tissait d'invisibles fils pour la protéger. Cette femme était sa vie. Sans elle, il n'était rien, moins que la poussière soulevée par ses pieds.

Marie le conduisit jusqu'à la tombe de celui qu'elle avait cru être son père. Et ce fut sur ce tertre envahi de chardons et de thyms, face à la croix piquée de rouille, qu'elle se mit à pleurer. Elle mouilla la terre de ses larmes. Ses sanglots montèrent jusqu'aux cieux. Ses pensées gagnèrent le château des Espèces. Son cœur battit pour l'homme qui l'avait élevée avant de disparaître. Puis il battit pour Jean-Baptiste. Elle accepta ses baisers sur les paupières, les mots doux qu'il lui chuchota et elle lui raconta ce que lui avait appris le patriarche.

— Nous irons trouver ces hommes en noir, lui dit-il lorsqu'elle se tut.

Dans le mois qui suivit, vivre aux côtés de Julia fut une épreuve de chaque instant. Marie avait promis à

Jean-Baptiste de ne pas changer ses habitudes, de ne rien dévoiler, d'être une Gaspari. Le plus dur était de l'appeler maman, de ne pas trembler quand elles s'embrassaient, de l'écouter remuer les souvenirs au coin du feu. Elle tenait grâce à son travail dans les collines, à ses virées loin de la Sauvagère, à ses fatigues et à la certitude de retrouver son amoureux tous les soirs.

Jean-Baptiste poursuivait son enquête. Sous le couvert de sa mission, il s'était rendu officiellement au château des Espèces où il avait pu voir l'entrée du gouffre. Le gardien du château ne lui avait fait aucune difficulté. C'était un bavard qui s'ennuyait depuis la mort du propriétaire des lieux, monsieur Gournelle. Les enfants de ce dernier venaient épisodiquement perpétuer la tradition qui consistait à danser jusqu'à l'aube et à vider la cave à vins.

Le gardien bavard avait ses limites. Evoquer les hommes en noir suffisait à tarir la conversation. A trois reprises, lorsque Jean-Baptiste lui avait demandé s'il y avait des gens qui se retrouvaient dans le gouffre, il avait répondu : « Ce sont des choses qui ne regardent personne. Les amis des Gournelle font ce qu'ils veulent. »

Trois fois, la même réplique. Sur un ton craintif et hautain à la fois. Trois fois la fuite. Il n'y avait rien à en tirer. Aussi Jean-Baptiste dut se rendre à Marseille. Quelques-unes de ses relations appartenaient à des loges. La ville et ses administrations, les partis politiques et les corps de métier, même la police et l'Eglise, étaient truffés de francs-maçons. Ils étaient partout, tissant une toile qui avait fini par paralyser la vie des arrondissements. Humanistes dans l'âme, ils n'en étaient pas moins arrivistes et se livraient bataille dans les cercles mondains, dans les mairies, au sein des associations, serrant leurs rangs sous les bannières de droits divers selon qu'ils appartenaient à un courant de droite ou de gauche. Dans ce vivier d'intellectuels et de beaux parleurs, Jean-Baptiste n'eut aucun mal à trouver les renseignements nécessaires. L'histoire du gouffre des Espèces appartenait déjà à la légende franc-maçonne.

Il avait été aménagé de 1836 à 1837 par un général franc-maçon, monsieur de La Douillane, qui avait acheté le domaine au seigneur de Cuges en 1835. D'abord lieu d'initiation à la spéléologie, il devint très rapidement le centre des réunions secrètes d'hommes opposés aux divers régimes qui se succédèrent jusqu'à la guerre de 14-18. Aujourd'hui, s'il ne rayonnait plus comme autrefois, il n'en demeurait pas moins important pour ceux qui s'étaient engagés sur la voie anarchiste prônée par le philosophe Max Stirner, le prince Piotr Kropotkine et Sébastien Faure.

Ce qui faisait de ceux qui descendaient dans le gouffre le premier mercredi de chaque mois des personnages dangereux. Le jour où Jean-Baptiste fut en possession de ces renseignements, il décida d'agir seul. C'était compter sans la farouche obstination de Marie.

Courbée sous le poids d'un énorme sac de santolines dont les fleurs jaunes parfumaient sa chevelure dénouée, Marie revenait de l'une de ses expéditions aux frontières de la Sainte-Baume lorsqu'elle vit Jean-Baptiste marcher à sa rencontre. Elle eut un coup au cœur. Cela faisait quatre jours qu'il était parti à Marseille. Défaisant les lanières de son fardeau, elle courut vers lui. Il la reçut dans ses bras, la souleva, la fit tourner jusqu'au vertige. Les collines tourbillonnèrent, les arbres firent la toupie, les horizons se confondirent dans le même bleu. Les sens tourneboulés, les amoureux eurent du mal à s'embrasser. Ils entrechoquèrent leurs dents, se goûtèrent à petits coups de langue, tombèrent en riant sur les folles avoines. Ils avaient si soif l'un de l'autre qu'ils se dévorèrent jusqu'à l'épuisement. Leur dernier baiser dura longtemps. Il mourut avec le chant d'un rossignol.

— Je sais qui sont les hommes en noir, dit alors Jean-Baptiste.

— Des francs-maçons ? interrogea-t-elle.

Elle l'avait entendu dire depuis des années et elle leur attribuait des pouvoirs immenses, aussi grands que ceux des sorcières de Signes.

— Oui, des dissidents d'une loge de Marseille. Des néo-anarchistes qui n'ont pas renié leurs origines bourgeoises mais n'en demeurent pas moins dangereux.

— Des néo quoi ?

— Si tu préfères, des hommes qui voudraient que le monde soit libre de toute entrave. Plus d'Etat, plus de système politique, mais l'homme bénéficiant d'une liberté absolue pour accomplir son destin selon ses propres idées et ses désirs.

— C'est beau...

— Quand ce destin ne passe pas par la violence. Les anarchistes ont beaucoup tué pour imposer leurs vues : Canovas del Castillo, Sadi Carnot, l'impératrice Elisabeth, le roi Humbert Ier d'Italie, le président des Etats-Unis William McKinley. Je ne te cite que les plus célèbres, mais des centaines d'autres ont péri sous leurs bombes. Il y a du danger à se rendre dans le gouffre... J'irai seul.

— Non !

Ce non lancé onze jours plus tôt, Jean-Baptiste n'avait pu le contourner. Marie était demeurée ferme. Elle voulait descendre dans le gouffre et affronter la vérité.

Le premier mercredi d'octobre, elle quitta la Sauvagère au crépuscule et rejoignit Jean-Baptiste sous les oliviers qui poussaient en bataillons serrés à quelques encablures du château des Espèces. Le régime des vents avait changé. L'air soufflait de l'est, annonçant les pluies torrentielles de l'automne. Des nuages s'amoncelaient sur le front nu des montagnes. Ils éteignirent les étoiles une à une, plongeant le paysage dans le noir.

— Le ciel est avec nous, dit Marie.

Jean-Baptiste ne répondit pas. L'aide du ciel n'allait pas suffire. A présent, il prenait véritablement conscience du danger. Ils agissaient comme des espions en herbe. Avec le temps et ses relations, il aurait pu découvrir l'identité et l'adresse de quelques-uns de ces idéalistes. Rencontrer l'un d'eux et s'expliquer n'aurait pas posé de difficulté. Après tout, ces hommes avaient été nourris au biberon de l'humanisme.

— Je ne crois pas que ce soit la bonne solution, dit-il.

— Que veux-tu dire ?

— Qu'entrer là-dedans, c'est se fourrer dans la gueule du loup.

— Tu as peur ?

— Oui, j'ai peur de te perdre.

— Ils ne m'ont pas tuée autrefois, ils ne le feront pas cette nuit. Nous descendrons dans ce gouffre.

Comme il aurait voulu la croire. Comme il aurait voulu que les francs-maçons n'arrivent jamais. Hélas, à neuf heures juste, la première automobile se fit entendre sur la route caillouteuse et escarpée de la colline qui dominait Cuges. Elle balaya de ses phares la façade du château, allumant de brèves lueurs sur les vitres d'une véranda. Toussant et pétaradant, elle roula jusqu'à la porte de fer qui condamnait l'entrée du gouffre. Des silhouettes en descendirent. Des lampes à pétrole éclairèrent soudain les rochers et les buissons ; quelqu'un alluma des torches fichées dans des colliers de bronze noyés dans la pierre brute qui émergeait de la terre.

Marie et Jean-Baptiste se tassèrent ; une clef ferrailla dans la serrure de la porte au moment où deux autres voitures arrivaient. Un à un, les hommes qui en sortaient gagnèrent l'entrée du gouffre. Et devant les flammes vives des torches que les premiers avaient allumées sur la roche, ils renouaient les liens invisibles qui les unissaient. Leurs visages révélés par l'or changeant de la lumière étaient semblables à ceux des mannequins de cire des musées aux horreurs que les forains promenaient de ville en ville.

Marie tremblait. Maintenant, elle se sentait proche de ces inquiétants inconnus qui, communiquant par signes, ne brisaient pas le silence de la nuit.

Jean-Baptiste remarqua qu'ils se livraient à un rituel, recevant une sorte de bénédiction en passant devant un homme couvert d'un haut-de-forme. Cinq automobiles de luxe vinrent grossir les rangs des berlines. Jean-Baptiste estima qu'ils étaient au moins trente à se réunir. Il dut retenir Marie lorsque le dernier pénétra dans l'étroit boyau.

— Il faut leur laisser prendre de l'avance. Rien ne nous dit que d'autres ne vont pas arriver.

Ils attendirent dix minutes. Lorsqu'ils eurent complètement usé leurs yeux dans la vision de l'entrée noire qui les aveuglait, ils tournèrent le regard l'un vers l'autre. Jean-Baptiste espérait encore que Marie allait renoncer, mais ce qu'il découvrit dans les iris sombres lui enleva toute illusion. Il lui souleva une mèche de cheveux, la caressa et lui fit un signe de tête.

Marie sentit monter en elle une extraordinaire énergie. Enfin, elle allait savoir. Elle arriva la première sous les torches. Le boyau s'enfonçait brutalement sous terre en tournant. On avait taillé des marches dans la roche. Jean-Baptiste fut rassuré. D'autres torches avaient été allumées plus bas. Des ondes fauves couraient sur les parois déformées. Il reprit la tête de l'exploration et descendit prudemment jusqu'à une première salle dont le plafond était percé. Deux larges ouvertures grillagées donnaient sur l'air libre. Le vent s'y engouffrait, échevelant les flammes des brandons.

Un autre escalier amorçait une nouvelle descente vers le fond du gouffre. Ils l'empruntèrent. Cette plongée dans le monde minéral leur parut interminable. Ils avaient l'impression que les parois allaient se refermer et les engloutir à jamais. Cette impression d'étouffement ne cessa que lorsqu'ils entendirent la voix lointaine. Elle montait par bribes et déformée par la succession de cavités.

Jean-Baptiste fit signe à Marie de ne pas bouger. Il s'avança seul. Pas à pas, sa joue contre la roche, il glissa jusqu'à la clarté qui s'échappait d'une nouvelle salle et écouta en frémissant celui qui s'exprimait en orateur confirmé. Il ne s'était pas trompé. C'était bien des sympathisants anarchistes qui se réunissaient ici. On lui avait dit que ces bourgeois en costumes noirs jouaient à se faire peur, que les autorités n'avaient pas jugé bon d'enquêter sur ces mauvais acteurs de théâtre qui répétaient la même pièce depuis une cinquantaine d'années.

Jean-Baptiste n'était pas aussi confiant. L'orateur invisible qui s'adressait avec conviction à ses pairs ne semblait pas interpréter un rôle d'opérette :

— ... Hegel s'est trompé. Le « moi » est la mesure de toute chose. Le « moi », mon « moi », votre « moi », mes chers frères, ne peut être soumis à une hiérarchie, que ce soit celle de l'Eglise, de l'Etat, de la société ou d'un parti politique. Seule notre association est capable d'assurer à l'individu une plus grande affirmation personnelle. Nous devons nous multiplier D'autres associations doivent naître de la révolte des particuliers et de l'abolition des lois et de la Constitution, et non pas de la substitution d'une Constitution à une autre. La IIIe République doit mourir et l'anarchie prospérer sur ses cendres. Nous n'aurons d'autre but que de détruire les institutions...

Un cri arrêta l'élan révolutionnaire de l'orateur. Tous les auditeurs se retournèrent. Jean-Baptiste aussi. Il découvrit Marie prisonnière et resta anéanti le temps d'un battement de cœur. Elle se débattait entre les mains d'un homme qui lui tordait les bras. Elle avait été surprise par ce retardataire au regard haineux.

— Lâchez-moi !

Jean-Baptiste envoya son poing dans la figure du nouvel arrivant. Marie se libéra et se précipita vers son sauveur. Elle ne put se coller à lui. Des mains la saisirent. Elle fut immobilisée et traînée avec Jean-Baptiste au centre de la caverne, et s'écria lorsqu'elle vit l'orateur qui la contemplait d'un œil désespéré :

— Alexandre !

Juché sur un rocher et maître de cette assemblée grondante, le docteur Fabre fut soudain au centre de tous les regards. Ses frères en noir ne parvenaient pas à faire le rapprochement entre lui et la fille sauvage qu'ils détenaient.

— Libérez-les ! commanda-t-il.

On l'écouta. Les visages n'en demeurèrent pas moins menaçants. Marie s'avança vers Alexandre. Le courroux empourprait ses joues. Elle réduisait son ami le docteur, ce géant qu'elle avait toujours cru bon et juste, à l'échelle d'un Espinet. Il savait ! Il savait et il ne lui avait jamais rien dit. Même lorsqu'elle s'était rendue chez lui après son altercation avec Salomon Blanc.

— Vous m'avez menti ! lança-t-elle.

Elle était prête à lui cracher à la face. Et il semblait prêt à l'accepter. Il le méritait. Il aimait toujours sa Gasparine. S'il l'avait prise sous sa protection, ce n'était pas pour effacer une faute ou un remords, mais parce qu'il la considérait comme son enfant.

— Nous exigeons des explications, dit un homme en colère.

— C'est la petite-fille de Brémont, répondit Alexandre.

Ce nom fit un incroyable effet. Un froid monta des profondeurs du gouffre. Les voix s'éteignirent. Les souffles se raccourcirent. Les hommes les plus âgés n'osèrent plus regarder Marie. La jeune femme était la preuve vivante de leur échec. Eux qui prônaient la liberté n'avaient pas su en leur temps faire respecter celle d'une jeune fille. Ils s'étaient pliés à la volonté d'Albert Brémont, grand avocat à Aix-en-Provence, grand manipulateur de consciences, grand pourfendeur d'injustices, grand partout mais petit lorsqu'il s'agissait de ses biens et de ses proches.

Albert Brémont avait cinq filles. Cinq perles qu'il comptait marier richement. Cinq oisillons éduqués dans la religion et la tradition bourgeoise qui n'avaient jamais entendu prononcer le mot anarchie sous le toit paternel.

Quatre d'entre elles étaient obéissantes. La cinquième, la plus jeune, Françoise, n'était pas coulée dans le même moule que ses sœurs. Elle avait l'esprit vif. Curieuse de tout, avide de vie, elle échappait souvent à ses gouvernantes pour flâner sur le cours Mirabeau et dans les ruelles d'Aix-en-Provence, surtout aux premiers beaux jours de mai quand les hirondelles revenaient frôler les eaux rieuses des fontaines.

Elle avait dix-sept ans et une centaine d'escapades à son actif, lorsqu'elle rencontra l'amour un beau jour de printemps. Robert faisait son service militaire. Ils se sourirent, se parlèrent, se donnèrent des rendez-vous et s'aimèrent. Ils auraient pu se marier si Robert avait possédé quelques millions, mais le jeune soldat était un fils d'ouvrier. Un moins que rien aux yeux d'Albert Brémont. Quand il apprit la liaison de Françoise avec ce va-nu-pieds, il se débrouilla pour faire muter ce dernier en Indochine, mais il ne put rien contre la graine que l'amour avait fait germer dans le ventre de sa fille.

Françoise fut séquestrée dans une maison de campagne à Fontvieille. Quand elle accoucha, on lui retira l'enfant. Quelques jours plus tard, à la tombée de la nuit, Albert Brémont, accompagné d'un complice, déposait un couffin aux pieds de Julia et Marco Gaspari, immigrés italiens vivant à la ferme de la Sauvagère.

Marie, enfant du péché, poussait ses premiers cris sur les hauteurs de la Sainte-Baume.

— J'ai succédé à ton grand-père à la tête de notre association en 1915, dit Alexandre à Marie. Une crise cardiaque l'avait emporté à l'annonce de la défaite de Vimy. Nous n'avons jamais accepté ce qu'il a fait à ta mère, mais n'osions pas le défier...

Deux heures plus tard, la tête en feu, soutenue par Jean-Baptiste, Marie retrouvait l'air libre. Alexandre lui avait tout raconté. La mort de son père en Indochine. Le mariage de sa mère avec un procureur de la République. Etrangement, aucune larme n'avait coulé sur son visage figé. Elle pleurerait le jour où elle serait en présence de sa mère.

— Tu m'accompagneras à Aix ?

— Je resterai à tes côtés jusqu'à mon dernier souffle, répondit Jean-Baptiste.

Ils s'étreignirent à se faire mal. La pluie se mit à tomber. Elle lava la terre et les fautes durant neuf jours et neuf nuits.

Au matin du dixième jour le soleil revint et nimba d'arc-en-ciel les fontaines d'Aix-en-Provence. C'était un dimanche de carte postale qui s'anima dès les premières volées de cloches. La ville s'enroulait sur ses monuments et ses cafés, absorbant le trafic par le cours Mirabeau. L'omnibus laissa Marie et Jean-Baptiste non loin de la célèbre artère où de nombreux dilettantes et rentiers se promenaient sous les platanes jaunissants. Les gens d'ici vivaient à un autre rythme, loin des tracas et des fracas de Marseille, indifférents à la misère des villages voisins, fiers d'être les descendants des Romains. Les hommes avaient des allures de patriciens, les femmes prenaient des airs de matrones. De toute la Provence, c'était sûrement l'endroit où il y avait la plus grande concentration de rosettes aux revers des vestes et de colliers de diamants aux cous des belles

Malgré la robe que lui avait achetée Jean-Baptiste, Marie s'y sentit immédiatement mal à l'aise. Elle n'était pas faite pour ce monde ampoulé et argenté.

— Ce n'est pas très loin du Cours, lui dit Jean-Baptiste.

Il n'avait eu aucune difficulté pour retrouver l'adresse des Brémont, puis celle de Françoise, qui s'appelait désormais Héluard. Une semaine auparavant, il était venu à Aix et avait dormi une nuit à l'hôtel, le temps de repérer les lieux et de mettre un visage sur la mère de Marie. Trois cents mètres les séparaient de l'hôtel particulier où elle vivait depuis treize ans.

La poitrine de Marie battit à tout rompre quand elle vit la maison au perron à colonnades, aux fenêtres frangées de frises, aux dieux sculptés sur les corniches. Il s'en dégageait une froideur de temple antique et on imaginait facilement qu'un riche procureur y habitait. Jean-Baptiste attira Marie contre lui. Un arbre les séparait du double portail de fer forgé s'ouvrant sur une courte allée empierrée bordée de rosiers et de vasques qui se séparait en deux élégantes courbes se rejoignant devant la demeure.

— Elle ne va pas tarder, dit Jean-Baptiste en écoutant les cloches battre le rappel des fidèles.

Il ne se trompait pas. Françoise apparut soudain sur le perron, coiffée d'un chapeau à plume et vêtue d'une lourde robe de velours gaufré. Marie crut qu'elle allait défaillir. Elle s'était juré de lui parler. Durant neuf jours et neuf nuits, elle s'était préparée à cette rencontre. Elle l'avait tant espérée, tant désirée.

« Comme tu es belle », se dit-elle alors que sa mère se dirigeait vers le portail.

Françoise regarda le couple d'amoureux sous l'arbre et sourit. Elle se retourna et lança :

— Dépêchez-vous, nous allons être en retard pour la messe !

A cet appel, une adolescente et un garçon d'une dizaine d'années accoururent. Marie découvrit alors qu'elle avait un frère et une sœur qui lui ressemblaient un peu. Son cœur battit plus vite. Ils accrochèrent leurs mains à Françoise et sourirent à leur tour en voyant les amoureux.

— Comme vous êtes heureux, dit Marie à voix basse.

En elle le bonheur se propagea comme une onde chaude. Elle le sentit rayonner, se répandre alentour, toucher l'âme de sa mère, l'âme des enfants et la Provence tout entière. Désormais elle existait. Elle se tourna vers Jean-Baptiste.

— Rentrons.

— Mais ?...

— Maman m'attend à la Sauvagère et nous avons un mariage à préparer.

— Je t'aime, Gasparine.

Elle était sa Gasparine. Pour toujours. Ils reprirent la route d'Aubagne. Au loin la Sainte-Baume les attendait.

## DANS LA MÊME COLLECTION

**Jean Anglade**
*Un parrain de cendre*
*Le Jardin de Mercure*
*Y a pas d'bon Dieu*
*La Soupe à la fourchette*
*Un lit d'aubépine*
*La Bête et le Bon Dieu (essai)*
*La Maîtresse au piquet*
*Le Saintier*
*Le Grillon vert*
*La Fille aux orages*
*Un souper de neige*
**Sylvie Anne**
*Mélie de Sept-Vents*
*Le Secret des chênes*
*La Couze*
**Jean-Jacques Antier**
*Autant en apporte la mer*
*La Croisade des Innocents*
*Le Rendez-Vous de Marie-Galante*
**Marie-Paul Armand**
*La Poussière des corons*
*La Courée*
tome I *La Courée*
tome II *Louise*
tome III *Benoît*
*La Maîtresse d'école*
*La Cense aux alouettes*
*Nouvelles du Nord*
*L'Enfance perdue*
**Edouard Axelrad**
*Au fil du fleuve*
**Erwan Bergot**
*Les Marches vers la gloire*
*Sud lointain*
tome I *Le Courrier de Saigon*
tome II *La Rivière des parfums*
tome III *Le Maître de Bao-Tan*
*Rendez-vous à Vera-Cruz*
*Mourir au Laos*
**Annie Bruel**
*La Colline des contrebandiers*
*Le Mas des oliviers*
*Les Géants de pierre*
*Marie-Marseille*
**Michel Caffier**
*Le Hameau des mirabelliers*
*La Péniche Saint-Nicolas*
**Jean-Pierre Chabrol**
*La Banquise*
**Didier Cornaille**
*Les Labours d'hiver*
*Les Terres abandonnées*
*La Croix de Fourche*
*Etrangers à la terre*
*L'Héritage de Ludovic Grollier*
*L'Alambic*
**Georges Coulonges**
*Les Terres gelées*
*La Fête des écoles*
*La Madelon de l'an 40*
*L'Enfant sous les étoiles*
*Les Flammes de la Liberté*
*Ma communale avait raison*
*Les blés deviennent paille*
*L'Eté du grand bonheur*
**Yves Courrière**
*Les Aubarède*
**Anne Courtillé**
*Les Dames de Clermont*
*Florine*
*Dieu le veult*
*Les Messieurs de Clermont*
*L'Arbre des dames*
**Annie Degroote**
*La Kermesse du diable*

*Le Cœur en Flandre*
*L'Oubliée de Salperwick*
*Les Filles du Houtland*
**Alain Dubos**
*Les Seigneurs de la haute lande*
*La Palombe noire*
*La Sève et la Cendre*
*Le Secret du docteur Lescat*
**Alain Gandy**
*Adieu capitaine*
*Quand la Légion écrivait sa légende*
*Un sombre été à Chaluzac*
*L'Enigme de Ravejouls*
*Les Frères Delgayroux*
*Les Corneilles de Toulonjac*
**Michel Hérubel**
*La Maison Gelder*
*La Falaise bleue*
**Denis Humbert**
*La Malvialle*
*Un si joli village*
*La Rouvraie*
*La Dent du loup*
*L'Arbre à poules*
*Les Demi-Frères*
**Michel Jeury**
*Au cabaret des oiseaux*
**Louis-Jacques Liandier**
*Les Gens de Bois-sur-Lyre*
**Jean-Paul Malaval**
*Le Domaine de Rocheveyre*
**Jean Markale**
*Notre-Dame de la Nuit*
**Dominique Marny**
*A l'ombre des amandiers*
*Du côté de Pondichéry*
*La Rose des Vents*
**Henry Noullet**
*Sur la piste de Samrang*
*La Falourde*
*La Destalounade*
*Bonencontre*
**Michel Peyramaure**
*Les Tambours sauvages*
*Pacifique Sud*
*Louisiana*
**Frédéric Pons**
*Les Troupeaux du diable*
**Claude Riffaud**
*Mékong Palace*
*La Crique de l'or*
*Rêve de Siam*
**Jean Rosset**
*Vir'vent*
*Les Derniers Porteurs de terre*
**Jean Siccardi**
*Le Bois des Malines*
**Jean-Claude Sordelli**
*La Dernière Saison*
**Jean-Michel Thibaux**
*La Bastide blanche*
*Le Secret de Magali*
*La Fille de la garrigue*
*Le Roman de Cléopâtre*
*La Colère du mistral*
*L'Homme qui habillait les mariées*
**Violaine Vanoyeke**
*Les Schuller*
*Le Serment des 4 rivières*
**Brigitte Varel**
*Un village pourtant si tranquille*
*Les Yeux de Manon*
*Emma*
*L'Enfant traqué*
**Colette Vlérick**
*La Fille du goémonier*
*Le Brodeur de Pont-l'Abbé*
*La Marée du soir*

*Impression réalisée sur CAMERON par*

BUSSIÈRE CAMEDAN IMPRIMERIES

GROUPE CPI

*à Saint-Amand-Montrond (Cher)*
*en janvier 2001*

N° d'édition : 6840. — N° d'impression : 010048/1.
Dépôt légal : septembre 2000.

*Imprimé en France*